七斗七 插畫 塩かずのこ
身為VTuber的我
因為忘記關台而成了傳說
[1]
Kadokawa Fantastic Novels

彩頁、內文插畫／塩かずのこ

序章

「感謝各位今日的聆聽。讓我們於下個淡雪飄零的時候相見吧。」

：辛苦啦。

：今天也聽得很開心喔——！

：說是淡雪飄零的時候，但最近根本天天開台耶。這開台頻率真口怕……

：是因為每天都降下淡雪的關係啦，體諒一下人家的用心啊！

：每天都下淡雪，真是溫柔的氣候異常～

眼看留言告一段落，我將直播台關了。

「嗯？」

電腦好像出了點狀況，反應有些卡卡的。

「真是的……」

我敲了敲鍵盤、按了按滑鼠，電腦卻遲遲沒有反應。

我對電腦並不在行，所以不曉得這種時候該怎麼做才能解決。

「哦。」

雖然不太明白，但直播台似乎順利關掉了。可喜可賀。

「唉……」

我嘆了口氣，旋即起身，在獨居的公寓裡走向冰箱。

與此同時，心音淡雪這號人物也被我拋向九霄雲外，變回了無業的二十歲女性田中雪。

……沒錯，我沒有工作。既不是大學生也沒在打工，是個不折不扣的尼特族。

……請別用那種冷漠的眼神看我。我這麼做是有正當理由的。

我在高中畢業後就找了份工作，卻萬萬沒想到是個黑到不能再黑的黑心企業，每天都像是破抹布一般遭到頤指氣使，讓我度過了好一段兩眼無神的社會人士生活。

而在這樣的生活中，我唯一的慰藉便是最近如日中天，如今已是國內頂級規模的VTuber（註：VirtualTuber的簡稱，泛指以虛擬形象進行直播的直播主。）經營公司「Live-ON」旗下才華洋溢的VTuber們。

每個人都散發著過於濃烈的個人色彩，如此混沌的世界轉瞬間擄獲了我的心，讓我天天將為數不多的閒暇時間用於觀看直播，最後甚至可說成了讓我活下去的人生希望。

我就這麼過著心力交瘁，領取微薄薪資苟延殘喘的生活。而就在我的雙眼變得宛如黑洞般漆黑之際，一條從天而降的新聞讓我的雙眼綻放出一縷光芒。

「Live-ON三期生，熱烈招募中！」

老實說，我原本覺得自己不會上的。

由於當時的我實在過於緊張，甚至想不起面試的時候都說了些什麼話。

然而不曉得是不是神明的惡作劇——我竟然就這麼雀屏中選。

他們所賜予的，是名為心音淡雪的另一個我。

心音淡雪有著以女性來說相當高挑的身高、長及背部的長直髮、雪白的肌膚，以及一雙隱藏著難以言喻的「祕密」，明亮淡紫色的眼睛。而讓她的神祕氣息顯得更為出色的，便是毫不突兀地包覆她身軀的藍白色高貴禮服。

根據負責我的經紀人說法，她在發包給插畫家時，曾特別註明「請以田中小姐本人作為模特兒」。但我覺得自己和這位美女一點也不像就是了……

順帶一提，收到三期生的錄取通知後，我立刻就把工作給辭了。

想必會有人說：「妳這樣是不是太躁進了？」但VTuber的工作相當忙碌，這也是沒辦法的事。

……我說謊了，對不起。對於心靈脆弱得宛如垃圾渣滓的我來說，實在沒辦法在那個黑心到不行的環境繼續工作下去……

不過，我今後就會以VTuber身分出道了，不僅能藉由直播獲取人氣，還能透過收益抽成賺大錢！爽啦！

我也曾經有過覺得這種紙醉金迷的夢想會成真的時期。

說實在的，我這邊的人氣相當地低迷，是真的很沒人氣。完全是在提到收益之前該解決的問題。

雖然已經出道了三個月，但相比其他同期出道的直播主，無論是訂閱我頻道的人數或是觀看人數，都只有她們的一半不到。而且減少的情況日益惡化。

雖然前面我自稱是尼特族，但想必也會有人覺得「妳都加入公司當VTuber了還算什麼尼特」吧？

遺憾的是，Live-ON旗下的VTuber享有優渥的抽成比例，卻沒有固定的薪水。換句話說，眼下的我根本毫無收入可言。由於就職時代過得相當節儉，現在的我是靠著當時的儲蓄勉強過活的。

「果然是吸引力不夠嗎……」

經紀人小姐常對我說：「雪小姐只要多展露真實的自己就沒問題了！」但她到底想從我身上挖掘出什麼特質呢？

是要我表現得更不加修飾的意思嗎？她怎麼知道真正的我是什麼樣子？難道我在面試的時候做了什麼怪事嗎？

想的事情愈來愈多，導致我的頭都痛了起來。如今儲蓄已快見底，我的心境也跟著難受萬分。

能為被逼到窮途末路的我帶來療癒的除了VTuber之外，還有另一個東西——它就藏在這「冰箱」之中。

「我的身體已經變得沒有它就活不下去了……」

這是完全為了讓人喝醉而製造出來的惡魔飲品……只要喝下它，就能在一瞬間忘卻所有疲憊……

沒錯，我說的飲料就是「強〇-零」！

「噗哈——！」

我回到用來直播的電腦桌前，將冰得通透的強零灌入體內。

啊……雖然已經喝不出是好喝還是不好喝但如今的我只要不喝這一天就沒辦法好好結束了……

說起來我的酒量原本就不好，所以醉意一下子就湧上來了。

便宜又容易喝醉的強零真是太讚啦！

啊～真愉悅，總覺得心情變好了。

這種將體內深處的力量釋放出來的感覺實在讓人欲罷不能。

「真是棒透了。倘若能喝上這麼一罐，就算要我去建設地底帝國償還非法債務也心甘情願。儘管開〇老弟（註：漫畫《賭博默示錄》系列的主角開司）喝到了啤酒，但不曉得地底有沒有賣強零呢？」

我開始呢喃著智商只有3左右的話語。平時操著千金小姐語氣的淡雪姿態早已消失無蹤。

我就這麼一鼓作氣地喝著酒，350毫升的鋁罐轉瞬間被一飲而盡。

然而這點分量眼下已經無法滿足我的身體。

我伸手拿起剛才一併從冰箱取出的另一罐酒。

這罐酒可是……

「嗚哈——！果然500毫升罐裝酒開起來的聲音就是爽啊！」

沒錯，這便是針對那些求酒若渴者開發出來的惡魔產品——500毫升罐裝酒。

雪再次咕嘟咕嘟地暢飲了起來。令人難過的是，她平時可是個操著千金小姐口吻的清秀型VTuber啊。

「好咧！來看同期的台吧——！」

由於心情馬上好轉了許多，一發現同期的直播主「祭屋光」今天的直播台留有存檔，我便點

開看了起來。

儘管還沒和小光在現實生活中碰過面，但即使是我這種沒辦法在直播時大放異彩的人，她依舊從出道開始就對我相當溫柔。真是個好孩子，是天使，好喜翻她喔。

她的形象角色雖然相當嬌小，卻綻放著能逗人發笑的開懷笑容。十六歲的她充斥著滿滿活力，最讓人印象深刻的則莫過於與外表極為吻合的活潑直播風格，節目內容誠如她的名字，像是祭典一般……

她總是能唸到觀眾留下的有趣留言，認真從事VTuber活動的身段也博得好評，如今已成為三期生的核心人物。

雖然和她合作開台過好幾次，但該怎麼說……她就像是「純真無邪」這四個字的化身，讓我每次都覺得自己要當媽了（認真）。

「我要來當妳的媽媽啦！」

一喝醉就會變得容易自言自語——這似乎是我的壞習慣。應該說，我想到的字詞都會在不經大腦過濾的情況下脫口而出。

由於我本人還滿怕生的，平常也不會找人喝酒，所以這方面還沒鬧過什麼問題。但老實說挺危險的。

哎，但我也不會因此戒掉強零就是了！我說什麼都不會戒掉強零的！

「嘎哈哈哈哈哈哈哈！」

我看著直播，持續發出聽不出一絲秀氣的爆笑聲。

這次的節目內容是遊戲直播。小光玩的遊戲是性劍傳說(Wiener Legend)，是個用叉在叉子上的熱狗相互碰撞進行對戰的遊戲，感受得到遊戲製作者腦洞大開的氣息。

應該說遊戲的內容實在是太那個了，所以常常會有玩家刻意取些下流的名字。

「『驚異發社』這名字也太草了吧wwwwwww（註：日語的笑（warau）為「w」開頭，故網路上常以其簡稱「笑」；又因「w」的模樣讓人聯想到雜草，也有用「草」作為替代，以及衍生用法（例：「大草原」等））這已經和熱狗沒關係了吧wwwww」

腦袋嗨到最高點的我，如今無論再怎麼下流的哏都能讓我哈哈大笑。

啊，而且這場直播另一個不妙的點，在於直播主小光極度缺乏和黃腔相關的知識，因此除了過於露骨的內容之外，她常常會在不知情的狀況下把那些名字唸出來。

完全是紳士們的社交場合。

「嗄？她也太好擼了吧？身為小光媽媽的我看了這樣的直播，豈不是要擼爆了嗎？」

如此這般，我在一陣又一陣的爆笑聲中看完了直播。小光的直播台果然就是讚！

小光果然很厲害呢。也難怪她這麼受歡迎……根本沒有不受歡迎的理由。

和她一比，我根本……

「……都這麼晚了，看看小恰咪的直播就去睡吧。」

當時間來到凌晨兩點後，痛感現實的我不禁悲從中來，於是決定看看另一個同期直播主「柳瀨恰咪」的直播存檔。

與其他直播主的活動方針稍有不同，小恰咪平時主要提供各種情境不同的asmr（註：「自主性感官經絡反應」的縮寫。以VTuber的活動內容而言，泛指使用收音較貼近人耳收聽結構的麥克風（如仿真人頭麥克風），並透過氣音說話、手指搓揉聲和液體塗抹音，提供類似耳道按摩的效果）直播。

有著超級惹火身材的金髮碧眼大姊姊所提供的asmr可是超棒的喔。

那未經修飾的低沉嗓音總是能勾起人們的睡意，助眠的功效之強，恐怕是其他直播主所望塵莫及的。

今天的主題似乎是掏耳朵。我都已經醉成這樣了，肯定能爆睡一番吧。

「啊……糟糕……這直播的成癮性和強零有得比呢……」

睡魔很快就襲擊而來，讓我在轉瞬間陷入沉睡。

「咕………………」

而這時的我，完全沒有察覺到手機正劇烈地發出了響聲…………

晴天的晨光燒灼似的映照在眼皮上，讓我醒轉過來。

「…………嗚嗚嗚……嘔噁噁噁…………」

啊……不妙，感覺隨時都會吐出來。強零在喝下肚的時候雖然爽快，隔天早上的宿醉卻也格外難受，真希望廠商能想想辦法。

哎，但我也不會因此戒掉就是了。

畢竟每天早晨都是這麼回事。我的身體已經被訓練成每天早上都得面臨這樣的地獄了，早就成了作息的一環。

要是事到如今才改變作息，反而會對身體帶來不良影響呢。就是這樣。

倘若在直播之際講這些話，聊天室恐怕會被「啥？」的留言淹沒吧。

哎，不過這種事想必一輩子都不會發生吧。我在直播時總是會記得保持清秀的形象，所以可不曾喝過酒呢——

「嗄？」

正當翻來覆去的我準備起身喝個水時，手機一大清早就發出了來電鈴聲。

看來是經紀人鈴木小姐打來的。

今年二十四歲的鈴木小姐儘管在Live-ON的經紀人陣容之中算是相當年輕，卻因為能不嫌麻煩地正面解決諸多難題，加上個性耿直，才得以升上經紀人的職位。縱使放眼整個Live-ON公司，她也是最為飛黃騰達的員工。

為了讓我能專注在開台事宜上，她總是會為我操勞包含私生活在內的大小事，是位對我來說恩重如山的大人。

根據她本人的說法，成為我的經紀人似乎是她毛遂自薦的結果。

而我也問了她自告奮勇的理由……

『沒什麼啦，只是覺得如果不是我，應該沒人跟得上全力以赴的雪小姐罷了。』

她給了個有些不明所以的回答。無論外表還是個性，鈴木小姐都很像體育系社團的成員，是不是有什麼對於室內派的我來說無法理解的部分呢？

「喂欸？」

「啊！雪小姐！太好了，您總算接了呢！」

嗯？怎麼了？與我軟弱無力的嘶啞聲恰成對比——鈴木小姐的話音透露著連我都聽得出來的焦慮感。

「請問究竟發生——」

「噓——！請安靜！為了避免洩漏個人資訊，還請雪小姐一句話都別說。然後請您盡可能冷靜地接受我即將說出的內容。」

「咦？」

鈴木小姐強硬地打斷了我的話，如此說著。

個人資訊……一聽到這個散發著危險氣息的詞彙，我的睏意登時煙消雲散。

咦……難道說我在自己毫無自覺的情況下幹了些很糟糕的事嗎？

「請您冷靜下來聽我說喔？…………請去把直播台關掉。」

請去把直播台關掉。

請去把直播台關掉。

請去把直播台關掉。

同樣的話語在我的腦中循環播放。

忘記關台……由於在最糟糕的情況下有可能洩漏個人資訊，被視為VTuber絕對不能忘記的守則之一。

況且它還隱藏著另一個魔鬼般的風險。不曉得該說幸還是不幸，已經花了極多時間投注在VTuber直播上的我，相當明白風險的具體內容為何。

沒錯，即使沒洩漏重要的資訊，一旦忘了關台，就會將自己真實的那一面長時間地暴露在觀眾面前。

畢竟VTuber其實是在扮演自己的化身——也就是畫面上的角色，會將真正的自己暴露給觀眾的機會可說是少之又少。

而若是將如此稀有的一面展露出來………

今後肯定會被觀眾們當成玩具玩弄的。

「嗯嗯嗯？」

瞬間閃過我腦海的，是昨天要關台時電腦出現的異常狀況。

被嚇出滿身冷汗的我，再次打開了電腦上的直播畫面。

映入眼簾的是………

：早！有在看嗎？

：強零直播真的很有趣呢。

：和平常的反差太大了。這已經不是反差萌，而是能讓人感受到某種嶄新境界的直播呢。

：給人的感覺已經不是淡雪，說是吹雪更為貼切呢www

：很好，現在正是讓我們一起成為小光媽媽的時候。

：是個拿同期的asmr直播和強零作比較的女人。

：我現在肯定見證了傳說誕生的瞬間。

：這次的直播無疑會在VTuber的歷史上留下一筆。

：為什麼自稱清秀的VTuber大都是這種不妙的傢伙啊？

：我笑到快死掉了。該怎麼說，看到這種毫不修飾的模樣也氣不起來了笑。

：是啊。真想和她一起喝強零。

「這是怎麼回事啊啊啊啊啊啊啊啊？」

我下意識地放聲大吼。

明明還是一大清早，但留言的數量已經多到目不暇給。

更重要的是，目前的觀看人數已經遠超乎平時的平均人數了。

仔細一看，原本毫不起眼的訂閱人數也急起直追，變得和同期們不相上下……不對，目前訂閱人數依舊以驚人速度不斷增加，感覺很快就會超過她們了。

啊……不行，頭又痛起來了。

：恭喜登上世界趨勢第一名！

：是個只在電腦前喝著強零就征服世界的女人。

「世界第一？」

我連忙打開日本使用者占據世界第一的社群網站「說特」，查閱起趨勢排行榜。

……儘管難以置信，然而不只是日本國內，「心音淡雪」的名字甚至登上了世界趨勢的第一名。而稍微下面的排名則是「忘記關台」。

啊……我這下已經……

「哎呀，真不愧是雪小姐呢。自從面試之後，我就一直做好了您隨時都可能大解放的心理準備，卻萬萬沒想到契機竟是忘記關台呢。這種攻其不備的手法真是教人讚嘆。今後我也會更加努力地提供支援的！」

由於腦袋一片混亂，我根本聽不進鈴木小姐在說些什麼。

啊……應該說宿醉的不適感和腦袋無法處理的大量資訊，讓我整個人變得噁心了起來。

「嗚…………嗚嗚…………」

啊…………這下糟……

「☆由於聲音太過骯髒所以自行消音☆」

如此這般，我在吐個不停的同時按下了關閉直播台的按鈕。

順帶一提，除了忘記關台的這件事之外，這種前所未見的關台手法也被安上了「嘔吐式關台」的名稱並成了傳說。

歷經那起忘記關台的事件後，我撥了通電話向鈴木小姐道歉。

雖說起因是電腦當機，但把自己的醜態昭告天下確實是我的責任。

即使她要我暫時停止活動，我也會心甘情願地接受——倒不如說，我已經下定決心在停工的這段期間徹底矯正宛如大叔一般的糟糕內在，甚至打算連對我來說宛如血液或水的強零都一併戒掉了。

然而……

「啊，我的確希望您今後別再發生忘記關台的狀況，但酒還是可以繼續喝喔。」

「嗄？」

結果等待我的卻是出乎意料的回應。

「呃，您為什麼這麼沉得住氣呢？您應該知道我幹了什麼好事吧？這已經不是用『形象崩潰』就能一筆帶過的大災難喔？差不多是甘地跑去參加熱血澎湃的街頭格鬥大賽，結果還拿下冠軍的大事不是嗎？」

「不，因為是雪小姐，對公司的所有人員來說，這點小事早在我們的預期之中了……」

「啥？」

這間公司在說些什麼鬼話？說起來，Live-ON的直播主確實大多被評為作風荒唐，Live-ON也經常被人說是「一群糟糕人所形成的大雜燴」，但鬧得這麼大的風波，居然還會用「這點小事」來形容嗎？

「應該說，面試三期生時，雪小姐表現得可遠遠不止於此呢！您難道不記得了嗎？」

「咦？是怎麼回事？我在面試的時候幹了什麼好事？」

「呃，您真的不記得了嗎？因為您在那時給人的印象過於強烈，我直到現在都對雪小姐所扮演的形象感到很不適應呢……」

面試到現在都過了三個月了還這樣嗎？

「還是說，您是為了營造反差感，才會刻意扮演那種清秀的形象呢——我一直都這麼覺得喔。」

「才不是啦！」

「但在我心裡，雪小姐的作風之誇張，已經能和範〇勇次郎或是江〇島平八齊名了呢。」

「咦咦咦…………」

由於過於緊張，我已經沒了面試時間的那段記憶。到底在那種重要的場合幹了些什麼好事啊我……

不過，我也因此解開了自己為何能夠通過面試的這個不解之謎。

Live-ON是把我視為超棘手的危險分子，並為此感到有趣才錄用我的吧！

「哎呀，真虧你們願意錄用我這種怎麼看怎麼危險的人物啊……」

「不，我們這邊其實也很頭痛喔？然而『閃耀之人』一向都是Live-ON的錄取標準，我們也確實在雪小姐身上感受到了這樣的特質。」

「現在的我與其說是閃耀著光芒，倒不如說像是一灘沉澱的泥巴水吧。」

「不，您正在閃閃發亮喔。如今名為心音淡雪的角色成了眾所矚目的存在。雖說由於帶來的震撼過於巨大，也招致了不少批判的言詞，但還不至於讓您身敗名裂。」

世間這樣的反應確實也出乎我意料。

老實說，我在那之後戰戰兢兢地做了自搜。儘管嘲弄的發言多如山高，誹謗中傷的回應卻意外地少。說起來，占據最多的還是那些半開玩笑地期待下次開台的聲音。

「這代表的是，無論動機為何，目前都有許許多多的人在關注雪小姐。他們對您產生興趣，並從您身上感受到了魅力喔。」

「是……這樣嗎？」

「若非如此，世間也不會發出期待您下次直播的聲音了。從下回開始，我將會全程看著雪小姐的直播，要是判斷狀況不對就會立即喊停。所以說，您要不要試著放飛自我一次呢？」

「放飛自我……」

「這不會帶來什麼不好的結果喔。應該說，您其實也已經走到了無法回頭的那一步吧？要是下次又變回清秀風格的直播，就會讓矛盾的感覺衝破天際呢。」

「咕！」

還真是一針見血……

不過在這之後，鈴木小姐就回去忙自己的工作，這通電話也就聊到這裡。

「哇？」

而就在掛掉電話不到一分鐘後，手機再次響起了來電鈴聲。

打過來的是……小光啊。

嗚哇……超尷尬啊啊啊。

但也不能不接啊……

好，總之做好心理準備吧。

「喂、喂喂？」

「啊！小淡雪早安！然後恭喜妳啦！妳變成大紅人了呢！居然拿下了世界第一！是世界第一耶！想不到小淡雪平時的個性居然這麼有意思！總覺得有種不加修飾的感覺，連我看了都很開心呢！」

「啊、啊哈哈……」

小光用和平時別無二致的語氣，活力十足地向我道賀。

這想必不是新型態的搧風點火，而是發自內心的祝福吧。我在正式出道前就認識她了，所以能明白她是認真的。

無論在開台時還是關台後，小光的為人處世幾乎都沒什麼變化，總是表現得開朗樂觀。奇怪？對於表裡不一到了極致的我來說，她好像是個完全相反的存在耶？

「還、還有，其實有件事情讓我有點在意！」

「咦？什麼事？」

「我方才因為有點在意，所以看了別人上傳的剪輯影片。」

「嗯嗯。」

結果那段就這麼理所當然地被剪成精華集了。笑死。

「小淡雪在看光的直播時，曾講了一句『爆好擼』，我很在意那是什麼意思，於是就去請教經紀人了！」

「咦……」

「然後經紀人就幫我上了一課，說那是『小淡雪覺得光散發著至高無上的魅力』的意思喔！」

喂，小光的經紀人，你都教了她什麼東西啊啊啊啊啊？

你肯定打著歪主意對吧！絕對是邊教邊露出奸笑對吧！

「真是的！我都要害羞起來了！嘻嘻嘻！有空再來合作開台吧，拜拜！」

小光就像是一陣暴風般，在吹皺我內心的一池春水後揚長而去。

啊……雖然是理所當然的結果，但我的本性如今已經傳入所有同事們的耳裡，這樣的事實讓我感到沮喪。

在這之後，包括小恰咪在內的Live-ON直播主——不分前輩和同期都打了電話過來。看過我真正的一面後，她們不約而同地給出了「很有趣」或是「很開心」等感想。

現在回想起來，我似乎是因為迄今都在隱藏本性，才和大家一直保持了些許距離。

啊，經過百般思考之後，總覺得能這樣自由自在地活下去似乎也不錯呢。

如此這般，現在的我則是——

「該上了……」

噗咻！（打開拉環的聲響）

總覺得就算絞盡腦汁也想不出個所以然，所以我索性豁出去啦！

「好咧，那就來開台的啦！」

：來啦————（。∀。）————

：世界第一開台啦！

：一開場就說什麼「的啦」笑死。

：咦？妳誰？

：才剛開幕就整個放飛了笑死。

：這就是傳說中強洌吹雪的直播台嗎？

：是職業摔角手嗎？

：一點反省的樣子都沒有ww

聊天室的留言以我前所未見的速度持續洗板著。

噢，真爽！這樣的快感和喝完第三罐強零的時候有得比呢。

「哎呀——老實說我真的有在反省啦。我這輩子都不會忘記關台了！也和大家說聲對不起！」

：奇怪？這裡面是不是換人了？我雖然認得這個化身，但講話的變了一個人了！

：是被人奪舍了嗎？

：八成是被奪舍了吧。是強零幹的吧

：當時有個自稱聽音侍酒師，結果其實只是個酒鬼的觀眾還秀了一手聽聲辨強零的本事。聽到她本人的地底帝國發言之後根本成了她不變的預告，害我笑到不行。

：結果不打算反省喝酒的事嗎？

「我原本當然也有戒酒的打算，但因為公司似乎沒有為此生氣，我就不管了！」

：這公司有病。

：根本正常發揮笑死。公司本身就一片混沌了，旗下都是些暗黑成員也很合理。

：結論，Live-ON果然還是Live-ON。

：是說，妳是不是已經醉啦？

「啥？那不是廢話嗎？我可是已經喝光一罐了喔？對於心靈強度只有垃圾嘍囉等級的我來說，怎麼可能用清醒的心態面對這麼多人啊？我接下來要開500毫升罐裝酒來喝啦。」

：把「噗咻！」的聲音也錄進去未免太糟了吧www

：垃圾嘍囉（清秀）。

：好強啊（肯定）。

：喂，還真的喝起來了啊！ww

就在腦袋停工得恰到好處之際，我喝起了500毫升罐裝酒，給予自己致命一擊。

啊，我的人生此時來到了充實的顛峰！

「咕嘟、咕嘟、咕嘟！嗯嗯嗯好爽喔喔喔喔！」

：怪了，她該不會打了奇怪的藥吧？

：哎，大概就是這樣沒錯吧。

：原本還喝得津津有味的樣子，結果隨後發出的怪叫把我整個人打醒了。

：有夠難以置信對吧。除了忘記關台那次，這可是她第一次在直播中喝酒的模樣耶。

：把我的清秀淡雪還來！

「嗄？我很清秀啊？把我這張秀氣高雅的臉蛋看仔細點。」

我將淡雪的化身放大並拉近畫面，來到了所謂的真愛距離。

之前每次這麼做的時候，聊天室都會出現「好可愛」或是「好美」的洗板風潮呢。

然而……

：這位強零成癮人士居然還覺得自己很清秀。

：感覺散發著一股酒臭味。

：聽說這人直到上一次開台的時候，開台內容都還是用千金大小姐口吻講話的治癒系直播

台？真的假的？

聊天室一片愴天呼地，讓我看得樂不可支。

啊，雖然之前開台也很開心，但說不定都比不上今天這樣開台來得開心呢。

啊……強零，謝謝你……你不只帶給我療癒，還能帶給我歡笑呢……

我戀愛了。

「我決定要和強零結婚了。」

：笑死www

：啥？

：嗄？

：聽說這裡有個VTuber在直播的時候宣告結婚？真的假的？

：隨時隨地都在締造傳奇的女人。

：關於對著小光喊「爆好擼」一事，請問您有什麼想澄清的嗎？

「嗄？我超喜歡對方對性一無所知的情境好嗎？不擼的話才叫沒禮貌吧？」

：喂，來個人把她的嘴把堵住啊！她每次開口都會吐出炸彈啊！

：能擼（超認真）。

：肚子好痛www

「倒不如說，男人在感受到女人魅力的當下，就該把褲子脫了開擼才對。女人喜歡的就是這種心直口快的男人喔。」

：言之有理。

：最好是w

：那我若是能遇到淡雪小姐，就會毫不猶豫地邊擼邊告白的！

「給我住手啊，我會去報警喔。」

：這女人怎麼回事？

：感覺講話的時候完全不經大腦。

而在那之後，我就維持著這樣的情緒閒聊了好一陣子。

和迄今不同，這次開台展露的是真正的我。

這種難以言喻的解放感讓我愈陷愈深，展露出來的也大多不是強裝出來的笑容，而是發自內心的笑靨。

啊……由於長期在黑心職場工作和當了太久的尼特族，我都忘記和別人講話是這麼開心的事了……

聊天室的情緒也隨著時間流逝而逐漸高漲。就在我為此感到心滿意足時……

氣氛突然為之驟變。

：欸等等，有二期生的人來了笑。

「咦？」

即使直播主這個行業已經殺成一片紅海，Live-ON這家企業仍成了日本VTuber界的龍頭老大。

然而，再怎麼強大的生物，在呱呱墜地的時候都只是個柔弱的嬰孩。

Live-ON最初是由一名女性直播主開始展開活動的。

然而，她誕生的目的僅是為了用來測試化身能否正常運作，擔綱演出的人員也是從當時還只是間小公司的Live-ON工作人員中挑選出來的。

說穿了就只是個測試作品。也因此雖說是理所當然，但她就這麼頂著黑短髮搭配水手服這種不起眼的外觀人設，以及處處可見粗糙之處的不自然動作，獨自被拋進了網路的大海之中。

純就外貌來說，她的確沒有任何亮點。據說首次開台時，同時觀看人數似乎連十個都不到。

但即便是嬰孩，也不代表她沒有能力。天賦異稟的她在誕生後不久，就展露出技壓群雄的本事。

她在開唱歌直播台時，總是能發出撼動聽眾心靈，讓他們絕對不會忘記的有力嗓聲——

而在開閒聊台時，她也能迸出許多古靈精怪的有趣話題，讓人不禁困惑她究竟走過了什麼樣的人生，才能擁有如此龐大的知識和奇特的思路——

就算開遊戲台，她也能展露出宛如衰神附身般的倒楣運氣，讓觀眾們爆笑連連——要說Live-ON旗下的直播主們或多或少都受過她的影響也不為過。

儘管在出道之初並不特別受到矚目，然而這名少女的實力不僅響徹Live-ON，甚至震撼了整個VTuber業界，讓Live-ON這間公司累積了茁壯的資本。

而她便是Live-ON唯一的一期生，也是Live-ON旗下直播主中訂閱人數最為突出的「朝霧晴」。

也許是因為她為Live-ON帶來的人氣太有指標性，因此其後錄取的三名二期生，全都是些個性極為強烈的人物。

第一人是留著一頭長及腰間的深紅色長髮，身高超過一百八的高挑美女。她的頭上長有宛如小惡魔般的短尖角，暴露的衣著則讓惹火的身材一覽無遺。

她散發著宛如邪惡組織女性幹部的危險魅力，令看過外貌的觀眾們無不期待她的個性。首次開台時，她便揭露自己曾是專攻百合題材的性感女演員，還一路聊到了喜愛的性感女演員，甚至談起自己喜歡的百合成人影片。這位讓觀眾們退避三舍的VTuber是「宇月聖」前輩。

我還記得她豪放又暢所欲言的個性，讓當時一頭栽進VTuber界的我爆笑了好幾回。

第二人則是長著褐色虎斑配色的貓耳和尾巴，身材嬌小的獸人女孩。穿著奇幻風格制服的她雖然有著可愛度滿點的外貌，卻對劣質遊戲和垃圾電影情有獨鍾。這位在網路上享有「穢物狂」

盛名的是「晝寢貓魔」前輩。

如今明明已經是不分國內外的優秀遊戲百家爭鳴的時代，貓魔前輩卻不知為何獨愛那些足以被稱為人類歷史汙點的劣質作品，還常常為這些作品開了妙語如珠的解說台。

當然，她也會做遊戲直播。還記得「絕對不能笑之深情朗讀四〇（暫定）（註：四八（暫定）為出在PS2主機上的遊戲，以「探索各縣市的恐怖傳說」為主題，在遊戲愛好者舉辦的「年度劣質遊戲大獎（KOTY）」奪得2007年度冠軍）的遊戲直播」內容讓我笑到肚子痛到不行。

至於最後一位二期生則是能憑一己之力，管束前述個性過於強烈的三人的優秀人才——「神成詩音」前輩。

詩音前輩的特色是洞察能力極為出眾，簡直宛如可以透視每個人內心的情緒。

她不僅總是能回應觀眾們的期待，甚至還有辦法超前預判所有人的反應，每次開台都能為觀眾們帶來穩若泰山的安心感和妙趣，完全是個中翹楚。

尤其在合作活動時，她也會擔綱司儀或是主持人，並將她個人的存在感表現得淋漓盡致。雖說Live-ON的成員一旦集結起來，總會把現場的氣氛搞得一團混沌，不過只要有詩音前輩坐鎮，就能讓人感到心安無比。

她的設定是一名體內寄宿著九尾妖狐的巫女，外觀也有著豎起的狐狸耳朵和九條尾巴。她身穿帶有神祕氣息的巫女服，有著看似柔弱的下垂眼角，一頭黑髮長度及肩。整體外貌沒有過於突兀的元素，濃纖合度的體型散發著療癒感滿點的氣場。

詩音前輩最近開始被稱為「Live-ON的媽咪」，而她本人也幹勁十足地將這般特色納為自己的武器。握有強悍武器的她，如今已經是個無懈可擊的狠角色了。

好啦，雖然解釋了這麼長一串，但我想說的其實就是——她們對我來說都是宛如神明般的高貴存在……

而如今……

〈宇月聖〉：因為察覺到同族氣息，我就登門造訪啦。

〈神成詩音〉：妳果然也是Live-ON的一員呢……

其中的兩尊神明就這麼降臨在我的聊天室裡！

老實說，這些照顧後輩的前輩們，以前也曾多次光顧過我的聊天室。

然而每次遇上這種狀況，我都會陷入極度的緊張狀態，只能支支吾吾地說著隻字片語，把直播台的氣氛搞得很僵。

由於我還記得自己在那些場合說過什麼話，就我推測，如果緊張的程度比那種情況更加誇張，便會變成我去參加三期生面試時的狀態。

而眼下同時有兩位前輩到場，這種狀況還是頭一遭。平時的我肯定已經陷入了超越極限的緊張狀態吧。

不過……

「聖前輩、詩音前輩，我一直很愛妳們。請以S○X為前提和我結婚吧。」

現在的我早已超越極限，直接突破天際啦——！

：啥？

：啥？

：這女人明明才飽含愛意地向強零求婚，結果沒過幾分鐘就把人家給甩了

：妳的精神狀況不對勁啊……

：清秀的人才不會說什麼S○X。

：不，等等，根據前後文判斷，她不打算進行婚前性行為喔！這應該還算得上清秀的範疇吧？

：果然還是很清秀嘛！

由於我先前才做出了以性行為作為前提的求愛宣言，聊天室的氣氛登時沸騰了起來。

啊——糟糕，看到崇拜的前輩們登場，讓我的情緒衝上了最高點呢。

「你各位想想啊？自己最喜歡的直播主出現在眼前了耶？她們都是我的精神糧食喔？一般來說都會想獲取和她們性交的許可吧？」

：QED　證明完畢。

：能證明的只有強零成癮者最後的下場而已啊。

：暢飲強零＝和老婆的體液交纏在一起＝S○X。換句話說，這是和老婆一邊S○X，一邊向兩名前輩以S○X作為前提申請重婚啊。原來如此……

：我感受到有種對生命的極致褻瀆感。

：我聽說有個在幹了蠢事後開的直播台上向前輩們要求進行百合3P行為的女人所以來了。

：好巧啊，我也收到有個VTuber明明有了叫強零的老婆，卻對著同期打手槍，還向兩位值得尊敬的前輩大開黃腔的消息。雖然兩邊的認知有點落差，但其中一方應該是對的吧？

：你們的說法都是正確的喔……

：草到不能再草。

：這就是VTuber界的清秀翹楚……

「真是的，你各位是不是說得太過分了點？我剛剛不是說過『女人喜歡坦率的人』嗎？這不就身體力行給你們看了！」

：身體力行的女人……果然既清純又清秀呢！

：沒必要幹這種事啦

：是說，兩位二期生對這種狀況有何感想www

：開場商議性行為牌組……儘管是諸多牌組之中最能速戰速決的牌組，卻也因此擁有瞻前不顧後的缺點。若是和對方的契合度不夠，也可能會傷到自己，是把雙面刃呢。

：讓我們看看她和前輩的契合度——究竟如何？

：吞口水……

：怦咚……怦咚……怦咚……（心跳聲）

〈宇月聖〉：…………臉紅。

：奏效啦啊啊啊啊！

：想不到對聖大人效果絕佳啊啊啊啊！

：真的假的！我明天也要向心儀的女生提出以S〇X為前提的求婚宣言並當場擼給她看啦！

：喂喂，是警察嗎？

〈神成詩音〉：這個節奏是怎麼回事……

：詩音媽咪超困惑笑死。

：不困惑的人比較奇怪吧。

「呵，這就是淡雪的力量。我來播個UC（註：指動畫作品「機動戰士鋼彈UC」裡的樂曲「UNICORN」。由於網路有支將懶猴高舉右手的勝利姿勢和該曲剪輯在一起的影片，因此也被稱為「完全勝利ＵＣ」）吧。」

：這個強零為什麼這麼得意啊？

：開始不被當成人類看待了笑死。

：看來她不決鬥就渾身不對勁已經成了一般常識。

：難道說，性大人和小淡雪的契合度絕佳？

：混在一起會出事……我是很想這麼說啦，但那樣的可能性挺高的。

所謂性大人指的是聖前輩的暱稱。由於聖前輩開台之際總是在觀眾或同期面前表現出八面威風的模樣，因此被尊稱為「大人」。不過一旦聊到紳士話題，稱她為「性大人」的觀眾便會逐漸增加。

〈宇月聖〉：話說回來，淡雪，我有件事想問妳，方便嗎？

「嗯？什麼事呢聖大……聖前輩？」

〈宇月聖〉：哦，淡雪妳也可以稱我為「聖大人」喔。

「真的假的？我好開心！」

根據Live-ON的教戰守則，我們通常都會尊稱那些早自己出道的同事為前輩。

我迄今都小心翼翼地維持前輩和後輩之間的距離，但其實我很想稱她為聖大人，只是說什麼都開不了口。

你各位這下看到了吧！只要喝了強零就能解決這項苦惱！大家也去愛一愛強零吧。

應該說，你們給我拿強零起來擼啊。來場強慰秀吧。

「那麼，聖大人，您想問我的是什麼事呢？是三圍呢？還是性感帶呢？只要是為了聖大人，無論什麼問題我都會回答的！」

：貼……貼？……貼（註：典出網路創作漫畫，將「好尊貴（とうとい）」轉化為「貼貼（てぇてぇ）」的發音，用於形容「感情融洽到讓人覺得神聖不可侵犯」的關係）……

：貼……欸？……欸……

：因為人物形象，大家都沒辦法肯定地說出貼貼兩個字根本笑死。

〈宇月聖〉：哎，那些資訊等妳下播再問吧。

：結果還真的想聽啊笑死。

：畢竟是性大人啊。

〈宇月聖〉：言歸正傳吧。說到我的問題，就是想問問妳喜歡的百合成人影片題材啦。

〈神成詩音〉：（゜ロ゜）

「我喜歡其中一方女演員明顯表現出厭惡百合性愛的情境。」

〈神成詩音〉：（　゜ロ゜）

〈宇月聖〉：很好，那下次的合作主題就這樣定了。有勞妳準備強零了。

「遵命，我的女士！」

：這草都要長成大草原了。

：這對活寶真是讚到不行www

：詩音媽咪還在呼吸嗎？

：這就是VTuber本色呢。

〈神成詩音〉：那、那屆時我也會以督導身分參加的！

聊天室的草堆得像是熱帶雨林一樣多。而就在終於實現與前輩合作的心願後，由於時間也晚了，我便結束今天的直播。

感覺太過幸福的我，甚至擔心起這一切會不會只是一場夢境。

而這些全都是託了強零的福……

所以各位啊——

給我愛上強零吧！

同期合作直播

「嗚喔喔喔喔喔啊啊啊啊啊！」

昨天的單人直播結束後過了一晚。如今的我酒意全消，正一如預料地獨自窩在被窩裡發出哀號。

早上醒來之際，我仍有些昏昏欲睡，加上宿醉帶來的影響，讓我的腦袋想不太起來昨晚發生的事。但我終究還是勉強起身。按下手機的電源鍵後，我瞄了一眼社群網站上的精華剪輯——

直播精華摘要：

・一開台就是強零成癮狀態。

・宣布與強零結婚。

・熱烈地訴說著將同輩拿來當那種事的材料。

・向兩位前輩作出以百合３Ｐ為前提的重婚宣言。

・被其中一位前輩問了喜好的百合成人影片後給出有些可怕的答案，結果成了與兩位前輩合作直播的契機。

・強零豪豪喝！

・喂喂這女人不太妙啊。

這些內容將我徹底打垮了。現在明明已經過了中午，我卻滴水未沾、粒米未進，就這麼窩在床上鬱悶不已。

這、這樣下去可不行。不管我再怎麼試圖冷靜下來，昨天的愚蠢行為依舊每隔幾分鐘就會在我的腦海裡閃現，讓我再次變得灰心喪志！

救命……快來人把我從這種羞恥的地獄裡拉出來吧……

「啊。」

我的腦中驀地閃過了一個解決方案，肯定是能讓現在的我重獲自由的一帖良方。

然而，這樣的方案幾乎可以肯定會進一步產生不堪回首的歷史，根本是來自惡魔的誘惑。

況且太陽公公還在天上看啊。無論怎麼想，當下都不是該動手的時間帶。

啊……可是我聽見那個人在呼喚我的聲音了……我心愛的那個人……

噗咻！

「好咧！今天就來開無預警直播台的啦！」

：來啦——（。∀。）——

：噗咻！

：噗咻！

：大家都跟著開始開罐了笑死。

：這其實是在開酒宴吧。

「喔——！大家都喝都喝！順帶一提，我今天從下午就開喝了，所以酒意正旺呢！」

：咦咦咦？（困惑）

：這女人真的每次都超出我們的期待呢。

：我聽說有個曾對無機物和同性發出重婚宣言的VTuber所以來看台了。

：原來如此，這就是所謂的文化多樣性對吧（並不是）。

：清秀的法則被打亂了（註：出自電玩「Fanal Fantasy V」與最終頭目艾克斯德斯戰鬥時出現的訊息「宇宙的法則被打亂了！」）**！**

「好咧！既然場子已經被炒熱了，馬上就來公布今天的合作對象的啦！今天大駕光臨的是——『真白白』！」

「大家真白好——咱是暱稱真白白的『彩真白』喔。咱今天明明打算和『小淡』合作開台，想不到在場的反而是強零，所以讓咱完全藏不住內心的混亂。」

：草。

：居然把自己的女兒直接看成了強零www

：喔！這不是真白白嗎！妳們上次也合作過，感情真的很好呢。

：喂，真白白，妳這位學壞的女兒害全日本都笑到快喘不過氣來了，快想想辦法啊！

真白白和我一樣是三期生，是位以「咱」自稱的女性插畫家。順帶一提，三期生的陣容是由我、小光、小恰咪和真白白四人組成的。

這位美少女有著略微嬌小的身材和雪白的肌膚，留著一頭閃閃發光的銀色短髮，更有著一對吸睛綠眸，無論外觀還是服裝都帶著些許中性魅力，非常之好擼。

而在開台當下，她總是操著略低的嗓音，以嘲弄口吻閒聊，同時畫著圖，並藉此博得莫大人氣。

早在出道之前，我和她就已經認識彼此，也進行過好幾次合作直播，所以聊天室的情緒比起二期生現身時來得安分許多。

之所以能夠建立如此深厚的交情，一如聊天室剛剛提及的，真白白是賜予我「身體」的母親。

沒錯！真白白同時也是為另一個我——心音淡雪擔綱人物設計的插畫家！

基於這層關係，我們自然相處融洽，如今已經是用「真白白」和「小淡」這類暱稱相互稱呼的交情了。

由於敲定和前輩們的合作，讓我的心情亢奮到極點。為了發洩這過於昂揚的心情，我才會突然邀往來已久的真白白和我一起合作開台。

「我今天打算用真白白把我積蓄已久的東西釋放出來。」

「居然在不知不覺間成了同期的宣洩用品，這讓咱難掩內心的訝異。應該說，快來個人救救咱吧。」

：一開場就做出勁爆發言笑死。

：這女人迄今都裝得一副清秀的模樣和同期合作了這麼多次，結果變臉也是變得毫不猶豫。

：先是喝開了找上兩名前輩，馬上又找了交情不錯的同期，這女人也太沒下限了吧www

：一開口就能變出一片大草原，這是長了腳的綠化革命啊。

：真白白也是頭一次見識到這個強零模式嗎？

「是呀。咱都想誇她迄今能藏這麼久呢。」

「哎，其實也只是今天比較特別一點，平時我都是在下播之後就一路喝到深夜呢。真白白在那個時段早就睡了吧？」

「原來如此。哎呀～儘管如此，實際目睹這個模式，驚人的程度依舊超乎咱的想像呢。這已經不是小淡，而是小咻瓦的感覺了呢。」

「小咻瓦？」

「強零會發出『咻瓦咻瓦』的聲響，所以就是小咻瓦了。對啦，今後妳若是進入這樣的模式，咱就用小咻瓦來稱呼妳吧。」

「嗯——……總覺得好像在哪聽過這個稱呼……不過聽起來很可愛，就這樣吧——」

：小咻瓦www

：這樣真的好嗎wwww

：難道是肌肉大塊又結實的變態（註：指知名演員阿諾．史瓦辛格）嗎？

：應該是喝了強零讓腦袋嗨到不行的變態吧。

：感覺這個稱呼會固定下來。

「好啦，開場白就到此為止吧。今天要來回應蜂蜜蛋糕的啦——！」

所謂的蜂蜜蛋糕是個匿名訊息投稿網站，許多觀眾的問題都會透過這個管道交到直播主手裡。

若能回答問題，就能讓觀眾們感到開心，平時以閒聊為重心的直播主要炒熱氣氛也會更加容易，是個能夠締造雙贏的網站。

「今天就以向我提問的訊息為主，一一回覆嘍！」

「大家應該都很期待吧～」

「那就從第一則開始的啦——！」

「的啦——」

：瞭解！

：「的啦」已經變得像是口頭禪一樣了笑。

：真白白已經死心了笑死。

：真白白，妳要堅強地活下去呀……

@迄今喝強零的時候，最多一次喝了幾罐？@

：一開場就和強零有關笑死。

：應該說，蜂蜜蛋糕應該堆滿了相關的問題吧。

：她要自己去挖問題嗎……

「這個嘛──我的酒量其實算不上很好，所以平常一天不會喝到三罐以上。但之前從黑心公司離職時因為太過開心，一口氣喝了一般大小五罐，加上一罐500毫升罐裝酒，合計喝了六罐呢。礙於這點，我到現在還是個尼特族。」

「笑死。」

：能吐槽的地方太多了嗶！

：身為尼特這點還是第一次聽說。

：哎，畢竟幾乎天天開台嘛。

：應該說喝太多了吧……這是搞壞肝臟ＲＴＡ（註：電玩用語，真實時間競速（Real time attack）的簡稱）嗎？

：喝完隔天不會有事嗎……？

「呃，老實說超不妙的。每次清醒要起床的瞬間都會讓我大吐特吐，最後又倒回床上。還以為會被自己溺死呢。」

「我的同期超不妙的。」

：雖然不是什麼好笑的事但真的笑死。

：真白白超級困惑。

：以為是要搞嘔吐開台，結果打算步上人生盡頭嗎？（困惑）

：為了舉杯慶賀而瀕臨死亡的女人。

：即使差點掛掉依舊深愛強零的女人。

「不不，小咻瓦，這再怎麼說都不太妙吧？妳今天也是大白天就喝了酒，差不多該讓肝臟休息一下吧？」

「嗯嗯——果然是這樣嗎？」

「咱可不想看到小咻瓦搞壞身體呀。」

：純粹的擔憂之情好尊啊。

：畢竟是一路走來的老交情，會擔心也很正常嘛。

：果然很喜歡她呢！

：蘊含愛情的叮嚀超喜歡。

「很好，那明天就當成妳的肝臟休息日吧！可以吧！」

「可是我明天還要開台……」

「就算是在逞強，妳也堅持每天開台呢。」

「對尼特來說，整天沒事幹很難受呀。」

：我懂。

：完全同意。

：此言深得我心

：你們幾個（泣）。

「那在不喝酒的情況下開台不就好了嗎？」

「唔——嗯……」

「現在的小咻瓦雖然也很有趣，但咱有時也想看看小淡呢——」

「真是的！真白白都說到這種地步了，我這下當然得聽話啦！」

「謝啦！那麼從今以後，也要定期在不喝酒的情況下開台喔！」

「好——！」

「呵，完全在咱的計畫之中。」

「嗯？妳剛才說了什麼？」

「不不，什麼都沒有喔。」

：完全被牽著鼻子走笑死。

：智囊真白白。

：超期待冷靜下來之後的反應。

：不僅讓同期免於酒精的危害，還為神橋段埋好伏筆，真是秀了一手妙招。

：這下確定會有清秀台啦！

「真白白妳看！大家都很期待我在不喝酒的時候開台喔！」

「是啊。」

「儘管說了一堆有的沒的，結果大家還是很喜歡我耶！真是的，平常也不用表現得這麼害羞嘛——！」

「對對對就是說呢。好啦，該看下一則蜂蜜蛋糕了吧。」

「好——！」

@我好擔心最近變成酒鬼的小淡雪喔。沒事嗎？要不要喝強零？@

「我喝！」

「不可以。」

「啊啊啊啊啊啊啊啊啊啊啊！」

：接哏接得有夠順笑死。

：真白白的應對能力強得可怕耶笑。

：難道會變成第二代詩音媽媽？

：若要承接詩音媽媽的衣缽，就等於要馴養那些名為直播主的猛獸啊。

：是馬戲團嗎？

：詩音媽媽的胃痛要以音速發作了（註：典出「Final Fantasy XI」玩家布隆特（ブロント）的發言「我的壽命要因壓力太大而音速消滅了（俺の寿命がストレスでマッハ）」）。

@第一次喝強零的感想是？@

「該怎麼說，覺得又苦又噁心呢。」

「哦，真意外。」

「不過……奇怪的是，隔天和它打照面時……我居然沒辦法將目光從它身上挪開呢。」

「妳應該是在說強零對吧？」

@平常只喝小強零而已嗎？應該不會對其他強〇系列外遇吧？@

「老實說，我其實幾度動過喝其他口味的念頭呢。」

「嗯。」

「但該怎麼說……每當我想購入之際，腦海就會浮現那個人的臉龐，害我買不下手呢。」

「原來如此，腦袋裡裝了強零啊（註：出自短篇動畫「チャージマン研」第35話的對白「原來如此，腦袋裡裝了炸彈啊！」）！」

：請原諒我，強零博士（註：同樣出自短篇動畫「チャージマン研」第35話的對白「請原諒我，博爾加博士！」）！

：是真的很喜歡強零呢

：這份感覺，就是所謂的愛！

：愛？（困惑）

@發現沒關台時，當下有什麼感想？w

我喜歡之前的小淡雪，也喜歡現在的小淡雪。既然都走到這一步了，就以世界頂尖的V為目標勇往直前吧！@

「喔，也有人留下暖心的話語呢。」

「喔……」

「嗯？怎麼一副有些怯場的樣子？妳不開心嗎？」

「不，我就是因為超級開心，才會貼出這則訊息的。但最近都沒收到這類坦率的打氣，所以不曉得該怎麼反應比較好……」

「妳是搞笑藝人嗎？該不會連該怎麼回答都沒想過吧？」

「太開心了所以立即採用，然後思考就到此中斷了！」

「妳是狗嗎？」

：小咻瓦居然害羞了？

：跟看到終結者假裝做出理解人類感情的反應時被嚇到的模樣一樣，笑死。

：為什麼思考模式會變得像搞笑藝人一樣啦笑。

「呃，因為在忘記關台後寄到蜂蜜蛋糕上的訊息，超過九成都和強零有關啊？」

：啊，抱歉（笑）。

：原來凶手就是你！哎其實我也是。

：感覺會來加油打氣的機率就和單抽五星從者的機率差不多www

：強零對小淡來說就像是卜派的菠菜，或是瓦利歐的大蒜啦！（強辯）

「喏，妳還沒好好回答人家的問題呢。發現關台的時候是怎麼想的？」

「啊對喔！嗯——如果要比喻，就像是考高中學測當天睡過頭的感覺吧！」

「原來如此，真是淺顯易懂的地獄。咱絕對不想體驗。」

：嗚喔喔喔喔住口啊啊啊啊啊啊我的舊傷啊啊啊啊啊！

：聊天室有人經歷過笑死。

@會用什麼來混強零呢？紅〇嗎？還是魔〇？@

「我會用不同口味的強零來混。」

「好喔。」

@有錢的話會買什麼酒？@

「我會買強零。」

「好喔。」

@有沒有那種「有這個的話再多強零也喝得下」的強零推薦配菜？@

「我用強零配強零。」

「好的，全部的回答都是強零。真是非常謝謝大家。」

：咦咦咦……（困惑）

：看來是強零搭強零配強零的感覺啊。

：為了這一刻的強零和強零，還有這一刻的強零……

：節奏感好爽喔喔喔喔！

：明明都這麼推崇強零了，但喝酒的方式實在太狂野，看起來根本談不成業配笑死。

：再怎麼說也不能在官方宣傳上說什麼「嗯嗯嗯好爽喔喔喔喔！」啊。

：如果用小咻瓦的名義登場，就能演出豎著拇指沉入強零的廣告場景了吧（註：出自電影「魔鬼終結者2：審判日」的名場景）。

：應該會露出滿面笑容沉下去吧。

：沉下去之後八成會喝乾強零活下來。

「唉，說認真的，還在當尼特的我根本窮得要命。不僅買不起能量飲料或是下酒菜一類的好料，也因為我已經成了強零的女人，就算變得再有錢也擺脫不了它呀。」

「這邊是看到有個人明明急需收益化卻開著內容隨時都會被官方刪除的台，嚇到眼珠子都快掉出來的真白白。」

「愈講愈傷心了還是來看下一則蜂蜜蛋糕的啦——！」

@我要和那個人結婚……

為什麼！為什麼我不能結婚呢？對方是個超級好孩子呀！

在我遇上傷心事時，對方只要待在我身旁，就能讓我忘卻煩憂，還能讓我開心無比！

我已經變得沒有那個人就不行了！如果說什麼都不准，那我就算和對方私奔也無所謂！

說了這些話的她帶給我看的對象……是強零啊……@

@強零：「我也喜歡妳。不過很抱歉，因為喜歡我的人太多了，我沒辦法只和妳一個人結婚！所以說，就把我當個逢場作戲的對象，隨妳怎麼對待我吧。我今後也會繼續愛著你們的。」@

「這兩則蜂蜜蛋糕的內容都讓我聯想到了哀傷的故事，害我淚流滿面……」

「嗯————咱不懂。」

：居然還選了短篇小說來讀笑死。

：為什麼強零會開口說話呢？

：嘰呀啊啊啊啊啊說話啦啊啊啊啊！

「好啦，夜也深了，咱們是不是該結束了？」

「哦，瞭解！那麼畫龍點睛的最後一則蜂蜜蛋糕！就是這個啦——！」

@強零！強零！強零！強零喔喔喔喔喔喔喔喔啊啊啊啊啊啊啊啊啊嗯！

啊啊啊啊啊……啊啊……啊、啊——！啊啊啊啊啊啊！強零強零強零喔喔喔哇啊啊啊！

啊我聞我聞！我嗅我嗅！嘶呼嘶呼！嘶呼嘶呼！有好香的味道呢……聞聞……

嗯哈！好想抓著強零美眉的銀色罐子拚命聞喔！我聞我聞！啊啊啊！

我錯了！我是想揉捏一番啊！我揉我揉！我捏我捏！罐罐揉揉捏捏！我咬我咬我摸我摸……啾啾啾！

第一罐強零美眉好好喝喔！啊啊啊啊……啊啊啊……啊啊啊啊啊！呼啊啊啊啊啊嗯嗯！

第二罐強零美眉也好好喝喔！啊啊啊啊啊！好可愛！強零美眉！好可愛！啊、啊啊啊！

500毫升罐裝酒也上市了，好開心喔……不要啊啊啊啊！嗯喵啊啊啊啊啊啊！呀啊啊啊啊啊啊啊啊！

咕啊啊啊啊啊啊啊！居然喝不完500毫升罐裝酒？啊……仔細想想剛喝完的第一罐和第二罐的話……

我、沒、辦、法、喝、完、強、零、美、眉？喵啊啊啊啊啊啊啊嗯！嗚啊啊啊啊啊啊啊啊啊！

怎麼這樣啊啊啊啊啊啊！不要啊啊啊啊啊啊啊啊！哈啊啊啊啊啊嗯！日本啊啊啊啊啊！這個！混帳東西！我不想活了！我才不想活在這種現……實……咦？她……在看？冰箱裡的強零美眉在看我？

冰箱裡的強零美眉在看我喔！強零美眉在看我喔！冰箱裡的強零美眉在看我喔！

第二罐強零美眉在和我說話了！太好了……看來這個世界還是有可取之處的嘛！

呀齁喔喔喔喔！我有強零美眉陪伴！太棒了！Sup◯r Dry！我一個人也沒問題的！

啊，500毫升罐裝版的強零美眉啊啊啊啊啊啊啊啊啊啊嗯！伊呀啊啊啊啊啊啊啊！

啊、啊嗯啊啊、啊啊嗯啊綠◯！PREMIUM MA◯T S！過◯生啤啊啊啊啊啊！Clear ◯sahi咿咿咿咿咿咿！

嗚嗚、嗚嗚嗚嗚！把我的心意傳達給強零吧！傳遞到日本的強零去！@

最後的最後，前所未有的爆笑熱潮席捲聊天室，我也就此關台下播。

啊～好開心喔！是說下次開台好像不能喝酒？算了，反正只是一天不喝，對我來說小事一樁啦！

「啊，小咻瓦。在結束通話之前咱有個東西想給妳看，現在有空嗎？」

「嗯？什麼什麼？」

關台之後，真白白將一張圖片傳了過來。

「這、這是──？」

「怎麼樣？咱畫得還挺好的吧？」

上頭描繪的是我的化身──心音淡雪的全新全身圖草稿。

平時的化身都穿著貴氣典雅的禮服，但真白白所畫的心音淡雪身上穿的是寫了大大的「我♡強零」，還帶了點強零特色的鬆垮垮T恤與一條短褲，醉醺醺的臉上泛著紅暈。

「這是在妳那次忘了關台的當下馬上畫的！咱想應該很快就能動起來嘍。」

「好、好強！」

精緻度高得嚇人，恐怕和我現在的模樣如出一轍吧。

更重要的是……

「好色！這看起來超色的啊！短褲！大腿！腿腿也好光滑啊啊啊啊！」

【Live-ON】小咻瓦新作全身圖草稿.png
▼檔案(F) 列印(P) 發送郵件(M) 編輯(U) 開啟(O)▼
小咻瓦全身圖
擰檬
發泡感
I LOVE STZERO!
I ♡ STZERO

「對吧對吧！果然平時包緊緊的人一旦變得邋遢不堪，看起來就會變得超級煽情！咱的繪畫之魂一直叫咱下筆呢！」

「「嗚欸嘿嘿嘿嘿嘿嘿！」」

果然真白白也是Live-ON的一員呢！

「感謝各位今日的聆聽。讓我們於下個淡雪飄零的時候相見吧。」

：辛苦啦。

：今天也聽得很開心喔——！

：說是淡雪飄零的時候，但最近根本天天開台耶。這開台頻率真口怕……

：是因為每天都降下淡雪的關係啦，體諒一下人家的用心啊！

：每天都下淡雪，真是溫柔的氣候異常～

：真的很努力呢。

：真希望能盡快以通過收益化的形式回報她的努力。

：真的真的。

：總覺得她每次都在快要營造出節目效果之際踩煞車，說不定還挺怕生的。

：即使如此，我還是會繼續支持小淡的！

：我也是！

：我也是！

：我夜市！

：有個人打錯變成夜市了笑死。

：奇怪？怎麼這麼久了還沒關台？

「嗯？真是的……喔。」

：小淡——？

：這是和直播時完全不同的聲音耶。

：哦，這種自然的噪音也不錯呢。

：不不，這難道是根本就忘了關台……

：喂喂，不妙……不妙啊……

「唉……」

：嘆氣聲……

：從聲音來判斷，似乎是逐漸走遠了呢。

：原本想說「有生活噪音幫大忙了」，結果聽到她哀傷的嘆息就哭了。

：果然她本人也對粉絲增長停滯一事感到很煩惱吧。

：但直播時看起來倒是毫不在乎這些事呢。真的好堅強，好想養她。

：嗄？要養淡淡的是我吧？

：嗄？

：是不是該和其他V聯絡一下，通知她忘了關台比較好？

：我姑且告知了。但已經是深夜嘍？不曉得還有哪個直播主醒著……

：小光的話應該還醒著吧？

：小光前天開了「不連續吃雞（註：出自多人淘汰型電玩「絕地求生」存活到最後奪冠時跳出的訊息「大吉大利，今晚吃雞」）三次就不下播」的28小時長時間直播，剛剛在開台結束時說等等就要去睡了呢。

：應該說她居然能以那種狀態持續直播到剛剛嗎（困惑）。

：畢竟小光是很擅長長時間企畫的狂人啊。

：那真白白她……不是在睡覺，就是沒看手機在畫畫吧。

：上次塗鴉直播的內容真是相當紳士呢。

：光是畫小恰咪的胸口就足足花了總開台時間的七成真是笑死。

：儘管她平常看起來很正經，但終究是Live-ON的一員啊。

：那去問小恰咪如何？

：小恰咪意外地還挺早睡的，希望不大。

：應該說就算真的叫醒她了，也不曉得她敢不敢聯絡小淡呢……

：畢竟她是個超級內向的女生嘛……

：明明有那麼亮眼的外貌，結果每次和人連動時都會逐漸廢物化，真是有夠草。

：一旦同伴遭遇危機，她應該還是會挺身而出吧。但總覺得她講話會超級支支吾吾就是了。

：喔，小淡是不是回來啦？

「我的身體已經變得沒有它就活不下去了……」

噗咻！

：咦？

：哦？

：總覺得好像聽到了絕對不該聽見的發言……

：而且剛剛是開酒的聲音吧？笑。

：啊（察覺）。

：是啤酒嗎？

：不對，剛剛那是強零的開罐聲吧。

：有聽聲辨酒的侍酒師在幫大忙了。

：不不，他不是什麼侍酒師，只是個酒鬼而已吧……

：強零的話很不妙啊！

：居然開了比啤酒更可怕的東西笑死。

：嗚喔喔喔喔喔喔小淡快停下來啊啊啊啊啊！

「咕嘟、咕嘟、噗哈——！」

：喝得超舒爽的樣子笑死。

：人物形象要崩潰了！

：還、還算安全！對成年人來說，喝酒不是什麼大不了的事！

「真是棒透了。要是能喝上這麼一罐，就算要我去建設地底帝國償還非法債務也心甘情願。」

儘管開〇老弟喝到了啤酒，但不曉得地底有沒有賣強零呢？」

：好，出局！

：真的在喝強零喔？笑。

：和開〇老弟產生共鳴的女人

：原來還能這麼想啊（班長（註：《賭博破戒錄》裡的大槻班長）口吻）！

：草上加草。

：我好像明白Live-ON為什麼會錄取她了。

：（ ﾟДﾟ）（震驚）

噗咻！

「嗚哈——！果然500毫升罐裝酒開起來的聲音就是爽啊！」

：www

：www

：這www

：大草原也長太廣了www

：Live-ON首屈一指的清秀變成Live-ON首屈一指的搞笑藝人了……

：這反差太過劇烈，觀感要天翻地覆了。

：解放慾望的手法過於優秀，連班長都不禁困惑。

：喂！糟啦！這女人沒有要停的意思啊！

：總覺得像是阿克西斯（註：動畫「機動戰士鋼彈 逆襲的夏亞」的小行星基地，在故事後段被作為兵器扔往地球）要砸下來的光景笑死。

「好咧！來看同期的台吧——！」

：心情前所未見地好真是笑死。

：清秀呢？

：這天，人類想起了清秀VTuber的祖譜……

：聲音有透過來呢。這是……小光開到剛剛的直播吧？

：咦？的確是這次直播的遊戲……

：我最討厭像你這種直覺敏銳的小鬼了。

：不可以看這次的直播！

「我要來當妳的媽媽啦！」

：花惹發？

：居然有V說要當同期的媽媽？真的假的？

：家人增加了喔！太棒了呢小光（註：出自某部漫畫的對白「家人增加了喔！太棒了呢小妙！」由於故事主角隨即遭遇不幸，是以網路上有人用這個哏時，多半會被回以「喂給我住口」制止）！

：喂給我住口。

：喂給我住口。

：喂給我住口。

「『驚異發社』這名字也太草了吧wwwwwww這已經和熱狗沒關係了吧wwwww」

：噗？

：這已經超過三出局了吧！

：每揮一次棒就會出局一次的女人。
：想聽人朗誦出來的精妙國文。
：Live-ON的眼睛果然是雪亮的！
「嗄？她也太好擼了吧？身為小光媽媽的我看了這樣的直播，豈不是要擼爆了嗎？」
：草。
：草生得太多，我都要變盆栽啦。
：拿同期的直播來擼的女人。
：媽媽在擼管是什麼勁爆的句子？
：感覺看到了傳說誕生的瞬間。
：這肯定是一則傳說，會在V界名垂青史的。
：跑來看台的人數增加到前所未見的數字www
「……都這麼晚了，看看小恰咪的直播就去睡吧。」
：咦？情緒怎麼突然變這麼低落？（困惑）
：是賢者時間吧。
：才剛講過擼不擼的又接這種發言很危險的！
：拿V的直播來擼，進入賢者時間後去睡覺，根本就是我了吧。

：不過這如果是真面目，就代表她真的很喜歡同期吧。

：貼貼！

「啊……糟糕……這直播的成癮性和強零有得比呢……」

：這是稱讚嗎？

：她都一副欲罷不能的樣子喝了那麼多，應該是稱讚吧。

：啊，睡著了。

：開口只會迸出名言的女人。

：好咧，我很期待她起床之後的反應，就來長時間跟台吧。

接著邁向傳說……

「嗚喔喔……（以下省略）」

和真白白合作直播完的隔天，我一如往常地在床上發出哀號。

因為我萬萬沒想到，自己居然在直播時做出了「要以不喝酒的情況開台」的約定。

應該說，真白白一定暗爽在心頭吧！居然哄騙醉鬼，真是太卑鄙了！

哎，不過她想必是真的在擔心我的身體健康啦。我早上起來看了手機，發現她傳了「今後每週至少要設兩天養肝日」的訊息過來。

嗚嗚……該怎麼辦……事到如今，我還拿什麼臉開清秀直播台啊……

但既然都做出承諾了，我也不能就此食言……

煩惱了一會兒後，我認為獨自在這邊傷腦筋也不是辦法，於是立即找鈴木小姐商量了一番。

不過……

「咦？您難道原本打算每天都要先喝過強零再開台嗎？您打算拿自己的肝臟作為食材，搞出強零口味的肥肝嗎？」

她以一副退避三舍的口氣這麼回應。我不懂。

「那鈴木小姐能好歹給些直播題材的建議嗎……？」

「唔嗯——這個嘛……直播玩遊戲如何？」

「啊，這挺不錯呢！如果挑個略有難度的遊戲來玩，應該就能專注在遊戲的內容，拋開羞恥的感覺！」

「就是這樣！既然立定了方針，那您有想到什麼不錯的遊戲嗎？」

「啊……因為我很窮，沒什麼錢能買遊戲呢……」

我沮喪地垂著頭說道。

也不曉得算不算因禍得福，我的人氣竄升到了「若能收益化，就能藉此過上安定生活」的水準，關鍵的收益化卻遲遲不肯放行。

所以就像現在這樣，我開台的題材大幅受限，不曉得能不能快點解決這種狀況啊。

官方大人！請您將目光放到我身上吧！

……啊，您不看喝酒台也沒關係，請不要把我設定成敏感內容（註：Sensitive，指有較不適合大眾觀賞的題材。被認定為敏感內容，會被剝奪透過廣告營利的權利）。

「啊，我知道有個不錯的遊戲可以推薦給您，而且價格相當便宜喔。」

「咦？真的嗎？」

「是的，這完全屬於那種『一打算破關就會忍不住沉浸其中』的遊戲喔！」

「那開台之後，我會先回覆幾封蜂蜜蛋糕，之後就會開始玩那款遊戲！」

「咦？您打算撥時間回覆蜂蜜蛋糕嗎？寄來的訊息全都和強零有關吧？在不喝酒的情況下沒問題嗎？」

「我會想辦法的！畢竟那些都是觀眾們絞盡腦汁想出來的問題呀！」

「您還是老樣子，在這方面一板一眼呢。」

很好！既然從鈴木小姐那兒收到了好消息，今晚就加把勁上吧！

今天正是繳交清秀之日！觀眾們給我睜大眼睛了！

……啊，是「回收」清秀之日才對……

「——各位晚安，今晚也是飄著美麗淡雪的好日子。」

我將心音淡雪的人物顯示在下著靄靄瑞雪的背景之中。

看似嬌柔的化身搭上相得益彰的雪色背景，醞釀出如夢似幻的典雅氛圍。

唉，只不過……

：咦？妳誰？

：我聽說有人在開「強零之使魔」台所以才過來的，看來是搞錯了。

：啊，是被名為強零的第二人格奪走身體主控權的人！

：應該說那才是本尊吧？

：草。

：才剛開台就這樣笑死。

：清秀（羞恥play）直播來啦————（。∀。）————

：我等這個瞬間很久了！

：光是自我介紹就能產生笑料的女人。

：雖然背景在下雪，但地面長了太多草，已經是一片綠意啦。

結果卻是這種反應——！

哎呀，雖然早有預期，但聊天室已經是處處拿我當哏的狀態。

我的直播似乎要變成大喜利（註：源於歌舞伎用語「大切」，後來變為長青綜藝節目「笑點」的固定橋段——提出特定字詞，讓參與者聯想出令人發噱的詞彙）的會場了。

「咳咳！總覺得聊天室的氛圍和平時有些不同呢。我總是視和大家共度愉快的時光為第一優先，若是為此而生的變化，我也是相當歡迎的。不、過、呢！今天的我相當清秀，還請各位勿怪。」

：草。

：瞭！

：「不過呢」這三個字施壓得有夠用力，笑死我了。

：螢幕前的本人應該已經滿臉通紅了吧。

：光是強調「今天的」這幾個字就已經欲蓋彌彰了笑死。

：好久不見的淡淡好萌啊～

「那麼，因為長達兩天沒開台，在此向各位獻上最誠摯的道歉。由於淡雪遲遲未降，因此我無法現身於各位面前……」

：啥？

：啥？

：啥？

：草www

：原來如此，是要用這種方式去搞啊（笑）。

：真是個智多星。

：嗯？好奇怪啊？我總覺得前陣子才看過某人凝聚了整整三個月的力氣彎弓搭箭，在絕佳時機一箭穿心的那個瞬間啊。

：我可是記得很清楚，有人把連續搖了整整三個月的強零鋁罐一鼓作氣地打了開來啊！

：肯定是在硬撐吧！沒事嗎？要不要喝強零？

：豈止是沒下淡雪，根本是颳起了暴風雪啊——！

「哈、哈哈哈，感覺聊天室的氣氛意外地熱烈呢，真是不可思議。那麼，今天會先回覆幾則蜂蜜蛋糕，接著我就要開始直播遊戲了！」

：喔，玩遊戲挺好的啊！

：要玩哪款啊？

：在這種狀態下回覆蜂蜜蛋糕啊，讓人期待到不行呢。

：好在意要玩什麼遊戲！

「呵呵，遊戲內容還請各位稍作期待。首先由我來朗讀蜂蜜蛋糕的訊息吧。第一則蜂蜜蛋糕如下——」

@ —·

—·—

@

：咦？

：這什麼東西？

：居然是摩斯電碼笑死。

：原來如此（笑）。

「哎呀，不是什麼『原來如此』吧？有必要特別轉成暗碼寄送訊息嗎？我雖然試著解碼，卻仍不得其解，還請能人異士出手協助了。」

：雖然說要請求協助但還是試著解碼的個性好溫柔好喜歡。

：傲嬌淡淡！

：傲嬌……？不過這位的確是有反差啦。

：為什麼第一則就選這種鬼東西ww

「噢，那是因為不知道為什麼，在這之後的所有蜂蜜蛋糕，全都包含了『強零』這個詞彙呢。真是令人感到不可思議（註：摩斯電碼的解碼內容為「アナタノコイビトスト〇ングゼロ（妳的戀人強〇-零）」）——」

：草。

：一如往常的草。

：真是令人感到不可思議～（毫無感情）

：這不知為何，根本是理所當然。

：明知故犯笑死。

@我聽到冰箱裡的強零說：「清秀直播是什麼鬼？妳不是沒有我就不行了嗎！」妳對此有何看法？@

@現在的冰箱裡有幾罐強零？@

「呵呵呵，各位在說什麼呢？雖然不知道何謂『牆鈴』，但我的冰箱裡只有果菜汁、自炊用的食材和最喜歡的冰淇淋而已喔。」

：啥？

：啥？

：啥？

：哎，畢竟強零也有用上檸檬一類的原料，退個一億步來說也算是果菜汁吧？

：冰淇淋……是把強零拿去冷凍庫了嗎？

：提示，－196℃。

「呵、呵呵呵……讓、讓我們來看下一則蜂蜜蛋糕吧！」

@看了強零美眉的直播後，我一直在猶豫要不要喝強零呢。對強零美眉來說，這是適合推薦給其他人的飲品嗎？@

「強零到底是指什麼東西呢～真不可思議呀～順帶一提，我喜歡桃子口味。」

：還真的回答了笑死。

：螢幕前的本人應該露出了苦笑吧（笑）。

：桃子口味的強零挺不錯。

：她、她沒說喜歡桃子口味的強零！只是在說喜歡桃子而已！

：喔，對欸。

「咕、嗚喔喔喔喔喔！我、我們來看下一則蜂蜜蛋糕吧。」

：怎麼突然發出怪叫了？笑。

：一定是逐漸受到了羞恥心的折磨吧。

：啊（察覺）。

：一想到滿臉通紅又掛著苦笑開台就讓我笑死。

@「淡雪小姐，您最近有做些對健康有益的活動嗎？」

「啊，我一直在喝強零呢。」

「強零！」

「請看這個！」

「咦咦～！」

「喏，就是這個！很厲害吧？一整罐都是喔！滿滿一整罐！」

「這個500毫升罐裝酒是怎麼回事！和一般的完全不一樣！」

「是不是很想打開呢？」

「嗯！好想開！」

「那我要開嘍！」

／噗咻——＼

「啊　是強零的聲音」

「這樣一罐能喝上多久呢？」

「鏘鏘！這一罐的話就能維持半天！」

「能維持這麼久啊！」@

@此身由強零所成。

血流為酒精，心為檸檬。

縱橫無數爛醉而不勝。

未曾得勝一次。

亦未曾理解一次。

其常孤身一人，在電腦前醉於強零。

然而，此於強零毫無意義。

故如我所求——無限強零製。@

「呵、呵、呵呵呵呵呵！這、這世界真是大呢～！這究竟是要寄給誰的蜂蜜蛋糕呢？」

：就是妳啦！

：就是妳啦！

：請照照鏡子。

：記憶沒失常吧？沒事嗎？要不要喝強零？

「奴嗚！嘿！嘿！嘎啊啊啊啊啊！」

：草。

：撕心裂肺的叫聲www

：感覺眼睛瞪得超用力。

：再怎麼說都不是適合清秀的人發出的聲音www

：再繼續下去的話恐怕會發出破壞耳膜的咆哮。

：聽強零美眉台時必備耳栓技能（註：遊戲「魔物獵人」系列的技能，能防禦魔物的咆哮聲）呢。

：原來是轟〇（註：轟龍，遊戲「魔物獵人」系列的龍系魔物）來著？

「好啦，接下來是最後一則蜂蜜蛋糕了！」

@我最喜歡珍惜著清秀的自己努力不懈的淡雪小姐了。喝了強零讓情緒高漲的淡雪小姐也喜歡。還請在常保身心健康的情況下繼續開台，加油。@

「呃……那個……謝謝您的鼓勵。」

：整個人都害羞起來了嘛！

：好萌啊。

：這確實是清秀。

：腦袋裡流瀉著UC的樂音。

：不習慣被稱讚這點超喜歡。

：強零好可愛。

：對一無所知的人來說充滿衝擊力笑死。

「咳咳！那、那麼接下來開始進行遊戲直播吧！好啦，各位期待已久的遊戲就是這款！

『Getting 阿婆 It』！」

根據鈴木小姐的說明，所謂Getting 阿婆 It就是操作一位老婆婆，跨越各式難關的攀岩遊戲。遊戲內容似乎真的僅止於此，就算不用理解艱深晦澀的遊戲機制，也能讓我立即進入狀況。

對於很久沒玩遊戲的我來說，可是相當期待今天的內容呢。

然而……

：壺婆wwwwwwwwww

：啊……

：為什麼要挑這款會讓人精神崩潰的遊戲？

：我的心靈創傷要復發啦啊啊！

啊咧咧～？好奇怪喔～？為什麼聊天室掀起了一片喧囂呢？

「請問……——這款遊戲有什麼問題嗎？這是經紀人推薦給我的遊戲，所以我對遊戲內容不是很瞭解……」

：等一下，再往前走就是地獄了（切身之痛）。

〈晝寢貓魔〉：喵喵——！我聞到劣質遊戲的味道所以跑來嘍！

：啥！貓魔來了嗎？

：聞到味道的速度也太快了笑死。

：穢物狂果然不是浪得虛名。

「咦咦咦咦咦？」

貓、貓魔前輩？為什麼貓魔前輩會在這裡？

之前也曾說明過，身為Live-ON二期生的貓魔前輩，是深愛各種劣質遊戲和劣質電影的穢物狂獸娘。

想、想不到她居然會來看我這丟人現眼的直播……

應該說，這下子二期生不就全都來過我的直播台露臉了？

啊，內心為之悸動……

……奇怪？雖然覺得不太可能，但既然貓魔前輩來到這裡，不就表示這款遊戲……很不妙？

一股不祥的預感竄上了背脊。而這樣的預感似乎成真了——

「咦？什麼……咦？為什麼這個婆婆會在壺裡……咦咦？」

在開始遊戲的那一瞬間，不協調感隨即充斥我的全身。

雖說和事前得知的情報相符，畫面上確實有個老婆婆，然而讓人一頭霧水的是——她那消瘦的身軀有大概七成都泡在一個巨大的壺裡，手裡則抓著類似十字鎬的物品。

：看起來真的很困惑笑死。

〈晝寢貓魔〉：喵喵——！貓魔要來解說嘍！

：妳知道嗎，貓魔？

〈晝寢貓魔〉：這個遊戲啊，是要操控這個在壺裡的老婆婆——俗稱壺婆的角色，憑藉自己的臂力揮舞十字鎬，並只仰仗這樣的手段攀上高處！畢竟泡在壺裡，當然沒辦法使用雙腳！遊戲本身設計得相當精巧，所以可能稱不上劣質遊戲，但終究屬於相當偏門的遊戲喔！

「啥？」

：咿！

：啥？（施壓）

：您披著的外皮快要剝落嘍。

：還、還算是清秀的範疇！

儘管在這個瞬間所受到的衝擊已經讓人頭昏眼花，我仍試著進行遊戲——隨後，我察覺到這款遊戲還有更為深沉的深淵。

「這、這是怎麼回事？超級難操作的！」

這個遊戲唯一的操作方式便是揮舞十字鎬，而這個揮舞的動作和滑鼠軌跡息息相關，光是要往前移動，就得花上不少功夫掌握訣竅。礙於如此，我即使想登上眼前的低矮懸崖也會摔落連連，就算爬上去，也很快會因為操作失誤而再次摔落。

「死老太婆給我撐著點！別摔下去啊！是說為什麼這個老太婆要泡進壺裡面啊？」

：別從根本否定這款遊戲的意義啦www

：壺裡面搞不好是全裸的吧。這是避免敏感內容啦。

「就算我再怎麼喜歡女人，面對年逾一甲子有餘的老太婆裸體也不會產生性慾啦！」

：居然順水推舟地出櫃了，大草原。

：嗄？這把年紀正可口吧？

〈晝寢貓魔〉：咦……

：是說這個自稱清秀的小妹妹是不是從剛剛就一直喊人家「老太婆」啊？

：一定是強零正在唆使她的腦袋啦。

：清修……清……

：被虐待型遊戲感化到逐漸變成小咻瓦真是笑死。

哈哈——我懂了，這的確如鈴木小姐所說，是「操控老婆婆角色，跨越各式難關的攀岩遊戲」。

這個有虐待傾向的經紀人，我下次一定要妳好看！

隨著操作失誤的次數多如山高，我也在碎嘴抱怨的同時，消耗了極為大量的時間推進遊戲進度。如今的我卻是頭一次感到如此跌腳絆手。

阻擋在眼前的，是聊天室俗稱「約定之地」的地方——也就是位於斷崖旁邊，上頭放了顆橘子的鐵鍋。

我得站在這個鍋子上頭，將十字鎬對準身體下方，像個彈簧般攀上近乎垂直的坡道。若是在途中停手就會直接滑落，所以還得一氣呵成地爬上坡頂。

這個地點之所以會在聊天室蔚為話題，是因為這裡的跳台——也就是鍋子正如我剛才所言，位於一處斷崖上頭。要是沒能攀住上方的坡道並一路躍上坡頂，便會順著坡道往下滑去——最後抵達懷念的大地之母。換句話說，迄今的努力都會立即化為泡影。

時間已屆深夜。我就來表演一手初試即成的精妙美技，神怡心曠地為今天的直播劃下句點吧。

不要緊，我一定辦得到的。畢竟貓魔前輩和觀眾們都在看嘛。

這下完全豎起了勝利旗標了吧。贏定啦，我要做好睡覺的準備了。

等這場戰鬥結束後，我就要去夢中觀看大家的直播了……

「我要上啦啊啊啊啊啊啊啊啊！」

跳！揮空！咻…………

「混帳白痴啊啊啊啊！去死啦啊啊啊啊！」

：大草原。

《晝寢貓魔》：真是草呢！

：就連清秀的碎片也蕩然無存了笑死。

：這傢伙其實是綠狒狒（註：指《遊戲王》的卡牌之一「森林守衛綠狒狒」）**吧。**

：名言製造機。

：所有發言都會被剪為精華的女人。

「——好的，如此這般，我打算今天的直播就開到這裡。讓我們於下個淡雪飄零的時候相見吧。」

：辛苦啦www

：真是個有趣的女人。

：露出真面目啦。

：儘管一點也不清秀還變成了小咻瓦，但有好好聽真白白的話沒喝強零，了不起。

：的確。

：雖然不怎麼坦率，倒是個遵守約定的好孩子呢。

我下次一定會破關的！

……原來我是會這麼認真玩遊戲的個性啊……

由於很少玩高難度的遊戲，我對自己的這面完全一無所知……

與二期生的線下卡拉OK合作

今天，我來到位於東京都內某處的Live-ON公司，與經紀人鈴木小姐開會。

礙於舟車勞頓等因素，平時我們多半以通話的形式開會。但以Live-ON的方針而言，除非成員住得特別偏遠，不然基本上都會建議VTuber一個月至少和經紀人直接碰一次面。

開會的氣氛一點也不嚴肅，只是希望直播主和經紀人能有融洽的交流，才會做出這樣的安排。

交通費等相關費用也全由公司出錢，所以就連我這個窮鬼也能放心地前來開會。

應該說，由於鈴木小姐每次都會帶我去平常去不了的館子請我吃大餐，我總是雀躍無比地跑來報到……難道是因為我窮習慣了嗎……

「淡雪的新全身圖似乎已經完成嘍。」

「啊，這樣啊。真白白的手腳果然俐落……」

「咦？您難道不開心嗎？」

我們目前聊的，是真白白之前為我繪製的全新全身圖的話題。看來我似乎對這張新圖露出了有些五味雜陳的神情。

「不不，能多新的全身圖自然是很開心啦……」

「哈哈，您對這件事還沒辦法看得很開嗎？我已經收到了製作完畢的模型，這就展示給您看。」

「好的……」

鈴木小姐將打開的筆記型電腦螢幕轉向我。

浮現在螢幕上的，是一如真白白之前畫給我的草稿——也就是穿著鬆垮垮T恤和短褲，臉上還因為醉意而泛著紅暈的淡雪。

況且完稿之後，更能從這身衣著看出致敬強零包裝的設計感……

「完全無法和淡雪過去的形象聯想在一塊呢。」

我不禁露出苦笑。

「這不是挺好的嗎？我認為這張圖畫得非常可愛呢。」

「可愛是可愛啦，但總覺得內心還是有些天人交戰……」

「您可以更有自信喔！我們公司內部已經將現在的雪小姐視為三期生頭號人物，而數字也證明了這一點吧？」

「嗚！」

儘管有些難以置信，但我現在無論是頻道的訂閱數、存檔的播放次數還是直播時過來觀賞的觀眾人數，都在同期成員之中遙遙領先。

我當時以為這只會是短短一瞬間的風潮，很快就會平息下來。想不到我的人氣完全體現了與日俱增這四個字。

雖說爆紅的契機有些丟臉，但最近的我開始覺得——既然能讓觀眾們感到開心，倒也是還不壞的一件事。不過被稱為頭號人物依舊讓我備感壓力。

【Live-ON】心音淡雪＿小咻瓦新作全身圖檔.png
▼檔案(F) 列印(P) 發送郵件(M) 編輯(U) 開啟(O)▼
I ♥ STZERO
清秀ZERO
@彩真白 MESSAGE
【Live-ON】心音淡…
當月行程表

「把在喝酒直播台接連說出挑戰底線發言的直播主當成頭號人物，是不是不太妥當……」

「如果那些發言會造成觀眾不快，確實會是一大問題；但觀眾若能為此感到開心，便不失為一種表演——這是Live-ON目前的經營方針。況且我也會從旁協助，在您跨越底線之前幫忙踩煞車呀。」

「真是間心胸寬大的公司呢。」

「因為我們是Live-ON呀。」

鈴木小姐自信滿滿地如此打包票。

這真的是間很神奇的公司呢。

為什麼他們總是可以遴選出能夠綻放光芒的人才呢？

況且，雖然這間公司乍看之下給人無厘頭又隨興的印象，但其實所有人員恐怕都卯足了全力在工作。

嗯！既然真白白都努力為我畫出了這麼一幅力作，我今後也該拿出自信直播才行呢！

「嗯，總之就是這樣，您從今天開始就能使用新的全身圖了。」

「好的！謝謝您！」

「請向真白小姐道謝吧。那麼，關於下一件事……由於直播主逐漸增加，為了使更多人能認識更多直播主，我們正打算讓Live-ON旗下的所有直播主成員共同錄製一部唱歌影片。」

「咦？所有人嗎？」

「是的，從一期生到三期生的所有人都會參與。」

還真是顆震撼彈。這無疑是Live-ON迄今最大規模的合作計畫。

應該說，既然提到了所有人，就代表我也會參加對吧？我還沒錄製過唱歌影片，甚至連唱歌直播都還沒開過耶？

「我、我參加真的沒問題嗎？」

「目前打算由合計八名直播主分段演唱一首歌曲，因此需要開嗓的段落並不多。不過，若是能交出一張亮眼的成績單就再好不過了。如何？您擅長唱歌嗎？」

「我讀高中時偶爾也會去唱卡拉ＯＫ，大概唱得和一般人差不多吧。不過畢業之後就忙得團團轉，此後再也沒去唱過了呢。最近甚至連卡拉ＯＫ的存在都忘得一乾二淨……」

「您到底被黑心企業使喚得多慘呀？連娛樂都忘記的話可是相當嚴重的狀態喔。總之若是如此，我建議您近期可以去卡拉ＯＫ做個練習喔？不然……」

「不然？」

「就得請您在歌曲間奏『噗咻』地打開強零，然後『噗哈』地暢飲，藉此炒熱歌曲氣氛了。」

「我會拚命練習唱歌的！」

我這不就完全成了搞笑角色嗎！哪能在這種大規模合作企畫中展露出自己的醜態呀！

「啊，還有，會議結束後，我打算和平常一樣與您去吃飯。但因為餐費相當充裕，我今天想邀其他人一起用餐，事前已經與對方打過照面嘍。而這也是此次會議的最後一個議題了。」

「咦？其他人嗎？」

這種情況還是頭一次發生，我不禁訝異地歪起脖子。

「其實今天有兩位直播主——神成詩音小姐和宇月聖小姐也和雪小姐一樣，都來到公司開會了。記得雪小姐已經和兩位敲定了合作直播不是嗎？因此我便向對方提議，倘若她們有空，不妨一起來吃個飯，順便商議合作直播的內容。」

「……咦？」

難道說……我能在線下與兩位尊敬的前輩見面嗎……？

「嗨！我是聖大人——『鏑木聖羅』，今天請多指教！」

「我是神成詩音——『一之瀨詩織』！為避免揭露身分，離開公司後請用名字叫我喲！」

「好、好的！我是心音淡雪，本名田中雪！今、今天有勞兩位關照了！」

由於有自報本名的必要，我在Live-ON總公司的玄關處和兩位前輩再次作了自我介紹。但我

已經緊張到快連話都說不好了。

最近經歷了那些雞飛狗跳的日子後，我還以為自己的心靈堅強了一些，這樣的狀況卻仍讓我承受不起。

還有，我雖然是第一次在線下與直播主見面，但為什麼這兩位的外貌都這麼亮眼呢？

聖大人——鏑木前輩就像是女校裡的王子大人。儘管終究和化身有些差距，但她不僅身材高挑，還留著一頭俐落短髮。

她的五官也相當立體，光是站著不動就散發著強烈的存在感。

至於詩音前輩……或是說詩織前輩該怎麼講呢……有夠年輕。

縱使有著可愛的容貌，然而總覺得她全身上下都參雜著有些童稚的氣息。

「呵呵，妳覺得詩音看起來很像小孩對吧？」

「呃……是的，真是抱歉。」

「唔唔！妳誤會了！上個月我就已經到了能夠喝酒的年紀唷！……不過因為我怕苦，實際上根本喝不了酒就是了。」

「咦？所以您和我一樣都是二十歲嗎？」

「啊，和小淡雪同年呀！我好開心！」

這是怎麼回事？應對能力強悍到被稱為「Live-ON媽咪」的天才，走過的人生路似乎和我差不多長耶。

應該說，我迄今都是從同齡人的直播之中感受到了母性嗎……？

這可不妙！今後得努力點才行，可不能被詩音前輩拋下了！

「呵呵，妳很緊張嗎？抱歉啊，突然就這樣把妳約出來。」

「沒事嗎？要不要喝強零？」

「欸，聖大人！不要見縫插針啦！喏，請放鬆一點，就算講話粗魯些也完全OK喔！因為我們都已經被小淡雪求婚過了嘛！」

「咿？那、那次實在多有失禮……」

「沒關係啦——！儘管有些胡鬧，但還是很有趣呢！」

詩音前輩將手搭上我的雙肩，像是要我放輕鬆似的輕拍了幾下。

啊，這完全就是媽咪才會做的事。我要兩秒愛上她了。超喜歡詩音媽咪。

因為自我介紹也做完了，我們就這麼出發去吃飯……

而在約兩個小時後——

「嗨！俺是淡雪！今天和聖大人與詩音前輩一起來唱卡拉OK的啦——！」

「嗨各位！大家的聖大人亮相嘍！」

「巫女好——！這裡是原本打算一起吃飯並商量合作直播的內容，結果不知為何開了即席合作台，正困惑到不行的詩音喔！」

：啥？

：這應當肯定是線下合作吧？

：來啦——（ﾟ∀ﾟ）——

：真、的、假、的？

：這裡是拿詩音媽咪當活祭品的女巫安息日會場嗎？

：是說小咻瓦絕對是喝了強零對吧！

：噗咻！

：巫女好！

：呀啊——聖大人！

：只會讓媽咪頭痛的兩個壞小孩。

：傳說之夜就此揭開序幕。

為什麼會變成這樣？

這個極欠吐槽的情境之所以會發生，得從店裡的菜單開始說起——

聖大人是這麼說的：「一旦有人請客，身為V就是得去吃燒肉！」於是我們便聯袂前往聖大人推薦的燒肉店……

・生啤酒

・沙瓦

・可樂高球

：

：

：

・強零（本店推薦！）

…………

「好啦，田中！飲料要喝什麼！」

聖大人以藏不住臉上期待之情的模樣朝我問道。

這下子……

「……我就點這個烏龍茶好了。」

「呵呵……你真是菜呀，田中，菜到不行呢……！妳解放慾望的方式太菜了……田中真的想點的是……這個。」

「不不……那個……」

聖大人自信十足地指著強零。

「將肉放在鐵網上……接著把它烤得熱呼呼之後……就想配杯透心涼的強零……！對吧……？」

「那個！這份菜單是怎麼回事？怎麼看都不太對勁吧？」

菜單上的飲料區的最下方，有著明顯是用膠帶貼住後寫上，完全沒打算遮掩手腳的「強零」二字。有些按捺不住的我終究還是開口吐槽道：

「……擅自修改菜單會被罵喔。」

「放心，我等下就會撕掉了。況且也徵得店家的許可。」

「店家居然准許了嗎？」

「所以說，喝嗎？店裡真的有強零喔。」

「咦？有嗎？」

「畢竟是燒肉店嘛。」

「燒、燒肉店好厲害——！」

在我遲遲沒有上門光顧的這段期間，燒肉店已經進化到會常備強零了嗎！真有一套！

「啊哈哈……其實這間店是小鏑木的父母經營的喔。」

「啊，原來如此……」

也許是看到被唬得暈頭轉向的我而產生惻隱之心吧，只見一之瀨前輩直接揭穿了謎底。

「真是的，鏑木前輩，請饒了我吧！」

「啊哈哈，抱歉抱歉！不過……妳很想喝吧？」

「——咕嘟。」

「我也很久沒喝了，不來……暢飲一下嗎？」

「我點柳橙汁就好嘍！」

嗚呵！好女人！總之就是要我尬廣跟上對吧。

如此這般，我們就這麼津津有味地享用著燒肉……

「老實說，我對那個唱歌的計畫有點頭痛呢——」

「喔，不然吃完之後，我們就去卡拉ＯＫ練習一下吧？」

「哦，不錯呢！我也想去！」

「好啊好啊！我們走吧！」

鏑木前輩的邀約成了開端……

「對啦，為了今天的會議，我帶了筆電來，一起開台應該也沒關係吧？」

「喔？」

「不錯呢！就來開台吧！」

「喔喔？」

「老實說我對這種發展早有預期，所以已經訂好卡拉ＯＫ店啦！」

「真不愧是鏑木前輩！太令人尊敬！太令人崇拜了！」

「喔喔喔？奇怪？說好的開會討論呢？」

如此這般，滿嘴「喔喔」一臉困惑的一之瀨前輩，就這麼被兩個氣勢洶洶的酒鬼拖著走，決定即席開了卡拉ＯＫ合作直播。

「呃，我是不管遇上什麼狀況都會努力擔任司儀的詩音！節目前半段預計會回覆大家的蜂蜜蛋糕，後半段則是一起唱歌，請大家多多指教！好了，首先是第一則！」

＠致性大人：請問您喜歡的類型是？＠

「這個嘛……雖然我的好球帶算得上相當寬廣，但硬要說的話，就是那種平時很努力，而且在真正需要幫忙之際可以放心求助於對方的女孩子吧？」

「哎呀真意外！想不到聖大人居然有著正經的癖性呢！」

「詩音對我還是一樣講話毫不留情呢，這不是會害我興奮起來嗎？」

「我就是在說妳這點啦！」

：真意外。

：光是強調的不是外表而是內在就讓人大感意外。

：對性大人的偏見永不停止。

：嗯？但總覺得好像在哪裡聽過這種形容喔？

奇怪？就我看來，詩音前輩似乎也因為回答有些出乎意料而嚇了一跳。難道說……

「請問～您剛剛描述的，應該就是詩音前輩吧？」

「什麼——？」

「呵，居然被揭穿了啊。真不愧是強零的小〇郎，妳果然是個名偵探。」

「誰是小〇郎啦！」

「咦？什麼？聖大人，妳是說真的嗎？」

過了一段時間才理解弦外之音的詩音前輩，登時漲紅著一張臉慌了起來。

「喔呵——（、ω´）」

真是的，百合真是太棒了！

：好像有人發出了……非常詭異的聲音！

：這不是喊了「喔呵」嘛笑死。

：夾在百合之間的強零是有罪的。

：這是比「大駕光臨了（註：動畫「草莓危機」的裡涼水玉青的台詞。意為千金小姐語氣的「來啦——

(゜∀゜)———」多用於看到百合場面而興奮不已的情境）」**還要過分許多的反應啊。**

「是、是我失禮了。我不小心就發出了叫聲，今後會努力不妨礙這片神聖的百合空間的！」

「咦？妳為什麼要這麼認真地向我道歉？」

「詩音前輩，百合的氣氛應該是種不被他人打擾，自由的……該怎麼說，要有被救贖的感覺才行喔。」

「我懂啊淡雪！我果然和妳很合拍！雖然說了喜歡詩音，不過淡雪無論內在還是外表都很合我的胃口，我對妳愈看愈來勁了呢！」

「好像是這樣耶詩音前輩？要一起3P嗎？」

「就算以『要不要一起去續攤？』的口吻邀約我也不會去的！真是的！我都要尷尬死了，所以來念下一則吧！」

：不是最強而是最糟糕的兩人。

：第一則就這麼猛烈，糟啦詩音媽咪會過勞死的。

：被純正百合兩人夾在中間的詩音媽咪究竟能不能守住自己的貞操呢！

：害羞的詩音媽咪好可愛喔。

：今天的小咻瓦比平時更加咻瓦咻瓦呢www

：找到同好的性大人似乎也龍心大悅。

@想詢問聖大人。倘若要拍百合成人片，您希望自己的對手是「強洌吹雪」還是「清秀淡雪」呢？@

「唔嗯——這問題連我都難以回答呢。」

「……您果然討厭表裡不一的女人嗎？」

「不不，一次能嚐到兩種口味豈不妙哉？」

「太棒了。作者強零雪女。昨天——8月15日的我一如往常，帶著清秀型的媽咪和喜歡女人的帥妹去了縣北的河堤底下的卡拉ＯＫ店唱了個爽。」

「昨天既不是8月15日，這裡也不是河堤底下！我都聽不懂妳在說什麼了啦！」

：大草原。

：居然講出了清秀之人絕對不能唸出的定型文笑死。

：腦袋裡的煞車還是一樣壞掉了www

：卡拉ＯＫ店開店的地點有夠爛笑死。

：這不是量產安打機，而是量產出局機啊。

：各位……知道「邪飲」這個詞彙嗎？所謂的「邪飲」……打個比方來說，就是喝了強零導致忘記關台，這樣的行為就叫做「邪飲」喔。

@請（以有色眼光）看著詩音媽咪給出一句感想。@

「超喜歡幼齡媽咪。」

「嬰兒玩法似乎也大有可為。」

「　　　」

：詩音媽咪快回來啊～！

：輕而易舉地讓人感到噁心笑死。

：無限的癖性。

：這些傢伙沒救了，得快點想個辦法才行。

@詩音媽咪好可愛！@

@來當我的媽咪吧！@

「好的——！詩音媽咪是大家的媽咪喔！」

「詩音是有可能成為我母親的女性啊（註：句型出自動畫「機動戰士鋼彈 逆襲的夏亞」主要角色夏亞的台詞）！」

「母親？妳說詩音前輩嗎？嗚哇（註：句型出自動畫「機動戰士鋼彈 逆襲的夏亞」主要角色阿姆羅在聽見夏亞喊話後說出的台詞）！」

「好的～我要拋下在旁邊留言的兩個人，讀下一則嘍！」

@致詩音媽咪

您每次都得管束行事荒唐的人們，真是辛苦了。雖然覺得媽咪背負了相當多辛勞，但還是想問問您至今感受到最疲憊的合作是哪一次呢？可以的話，也請您提及當時的插曲聊聊此事。

還有，我就將胃藥先放在這裡了（遞）【強零】@

「在三期生加入之前的一、二期生合作直播真是累死我了……」

「啊，是指那個貓魔開講劣質電影的時候，有著相關知識的晴前輩突然跑來攪和的那一次吧？」

「啊，那次我也有看直播喔！」

：是經典啊！

：是如今也被傳頌為經典的一次直播呢。

：由於電影內容實在是太欠吐槽，詩音前輩只能一邊喘氣一邊主持呢。

：好懷念啊。

：晴晴荒腔走板的作風在那次格外顯眼呢（笑）。

「還有，強零不能當胃藥吃啦！」

「咦，可是成分裡有檸檬，喝下去其實意外地爽快喔？」

「那只對小咻瓦有用而已！好的！下一則！要來讀最後一則嘍！」

「就連二期生都把『小咻瓦』這個稱呼固定下來了啊……」

@我有問題想問Live-ON的各位！

想讓現在的小淡和小咻瓦做的事情是什麼呢？@

「啊——聖大人怎麼看？我想在小咻瓦上身之際看她邊喝酒邊吃美食的直播呢——」

「我想想啊。我希望小淡能回顧自己剛出道時的直播呢。」

「什麼嘛——！虧我還擔心了一下，這點小事根本輕輕鬆鬆！」

「哦！那妳敢和聖大人做出要辦直播的約定嗎？」

「一言為定！」

：奇怪？總覺得這樣的過程好像之前也看過喔？

：太好說動了笑死。

：定期產生經典。

：聖大人幹得好。

：看來勢必會讓人想全裸等待了ww

「♪————♪」

當蜂蜜蛋糕的回覆環節結束後，我們正式開唱。

：唱得太棒了吧！

：耳朵要懷孕了。

：這聲線真是帥到不行。

：她平時都是在濫用這種帥哥嗓音啊www

：聖大人進入唱歌模式的帥氣指數和平時的遺憾指數剛好打平為零。

：為什麼要特地變成零呢？

：因為身旁有強零在，所以零就被吸引過來了吧。

：不愧是永遠的零。

打頭陣的聖大人祭出渾厚帥氣的歌聲，短短一瞬間就迷倒了聊天室的眾生。

唔嗯——真不愧是歌唱能力獲得好評的聖大人。由於平時的她完全是在放飛自我，兩者之間的反差讓聊天室和我都興奮不已。

糟糕，這下子門檻就被拉高了許多……

說起來我該點什麼歌呢？從V圈的習性來看……似乎以流行的Jpop、VOCALOID系或是稍微有點懷舊的動畫歌曲居多呢。

「如何？小咻瓦，要接著唱嗎？」

「啊，我還在煩惱該點什麼呢，請詩音前輩先唱吧。」

「這樣呀？……妳應該不是因為唱不好所以討厭唱歌吧？」

「唔——有點難說呢。老實說我很久沒唱歌了……」

「這樣呀。不過沒問題的！就算唱不好，我也會和妳一起唱的！」

喔呵——（´ω`）這個媽咪感讓我快要融化啦！

就在我們交流的這段期間，聖大人唱的歌也到了尾聲，隨即交棒給詩音前輩。

「♪——♪」

：奇怪？怎麼聽見了天使的歌聲？我死了嗎？

：這真是治癒人心。

：儼然就是聖母經。

：雖然不是唱得超棒的那種，但就是會讓人想一直聽下去。

：像是帶動唱的大姊姊那樣。

：什麼叫姊（拉高）姊（低音）！是媽媽吧？

糟、糟了！我顧著沉醉在詩音前輩的歌聲之中，結果馬上就要輪到我了！

思前想後也不是辦法！既然如此，就從聽過的歌曲中挑首有印象的上吧！

好，就點這首「Lemon」吧！我要上了！

「♪————♪」

：喔？意外地選了首常見的歌。

：還以為會聽到在獵〇座下（註：意指歌手青森最後の詩人ひろやー所作歌曲「新町」）呢。

：草。

：不妨點首「甩甩〇奶（註：チチをもげ，「魔法少年賈修」裡福爾高雷的角色歌）」如何？

：歌曲候補也太地獄了吧笑死。

：是說還滿會唱的啊？

：很讚耶這個？

：這真的是她唱的？

：好期待副歌。

「♪————♪」

：啥？

：音拉得有夠長的笑死。

：雖然感受不到什麼技巧，但力道超級強悍。

：怎麼也想不到是從那個已經變成強零上學路的喉嚨發出來的嗓音。

：不曉得是不是我多心，總覺得和小晴的唱法有點像。

聊天室在詫異之中躁動，前輩們也睜大雙眼為之愕然，但其實最為吃驚的人是我。

該怎麼說，總覺得唱起來的感覺比以前每一次唱歌都來得爽快。

……該不會是因為喝了酒吧？

之前好像曾聽說過，有些人之所以唱不好，是因為在他人面前會感到害羞，導致聲音沒辦法好好發出來。

說不定正是因為喝了酒，讓原有的羞恥心緩和許多，才使我的聲音能好好地發出來呢。

明白唱歌所帶來的樂趣和喜悅之後，我繼續以心曠神怡的好心情把歌唱完。

「嗯嗯嗯好爽喔喔喔喔！」

：草。

：唱歌唱到高潮的女人。

：這是有打手槍服務的卡拉ＯＫ嗎？

：明明到中間都還是一百分，最後卻因為強零而變成零分。

：就連收尾都不忘搞笑一下的藝人魂笑死。

「嚇我一大跳！小咻瓦的歌明明唱得很好嘛！」

「這下子就不得不一起唱了呢。」

「呵、呵、呵！這就是強零唱法呢！」

「「嗄？」」

：啥？

：啥？

：啥？

：別使出絕對零度啊。

：－196℃可不是擺好看的！

雖說兩人困惑的反應讓現場的空氣凍結了一瞬間，但在這之後我仍和前輩們一同合唱或是出聲打拍子，經歷了一段興致高昂的時光。上次像這樣和別人一起開心地喧鬧，究竟是什麼時候的事呢？

一切都是託了強零的福。所以大家——都來愛上強零吧！

「啊，我喜歡這個樂團的『Zero』這首歌！」

「哦——！詩音媽咪我好想聽呢！」

「遵命！」

「啊，要不要一起唱這首Butte○fly的Strong版本？」

「好喔！不過為什麼不是唱原曲而是Strong版本？」

「嗯——不知怎地覺得這個版本比較好呢。」

「啊，我最近很常聽到這首叫做堅定不移（Stronger）的外國歌呢！」

「……淡雪啊，妳該不會滿腦子都是和強零（Strong Zer○）有關的歌曲吧？」

「…………欸？」

：草。

：www

：妳的腦袋是強零田嗎！

：就連第一首也和檸檬味有關笑。

：點歌取向太出乎意料了笑死。

：果然不辜負大家的期待。

大家也要注意，別愛強零愛過頭嘍！

……啊，已經這麼晚了啊……

這時，我才察覺到距離預定的下播時間只剩下短短的幾分鐘了。真是的，快樂的時光總是過得特別快。

我按捺著不夠過癮的心情，在一片歡聲雷動中關掉直播，和前輩們離開了卡拉ＯＫ店。

讓夜晚冰冷的空氣冷卻著因醉意而發燙的身子，我朝著車站走去。這時，聖大人突然向我提問：

「啊，話說回來，妳有在公司碰到晴嗎？我們到公司的時候有看到她呢。」

她之所以附在我耳邊低聲提及晴前輩，應該是為了避免身分曝光吧。我也壓低了音量回應：

「晴前輩嗎？不，我沒看到她呢。」

總覺得有點遺憾啊。倘若請鈴木小姐牽線，是不是就能與她見上一面了呢？

「對兩位來說，晴前輩是個什麼樣的人呢？」

我出於好奇心這麼一問，便見詩音前輩露出明顯的苦笑。

「該怎麼說……無論好的方向還是壞的方向，那位都像是Live-ON本身，也可以說是大家對於Live-ON印象的集合體……」

「呵呵！首次相見之際說不定會被她震懾住呢。淡雪也要小心喔？」

從兩人的反應來看，晴前輩似乎不是那種和直播形象全然不符的人，讓我稍稍放心了。

「話說回來，今天晴也提到了淡雪的事呢。她是這麼說的：『能讓我感到如此震撼的孩子，說不定還是頭一次遇見呢。』」

「真、真的嗎？」

我不禁拉高了嗓子說道。想不到晴前輩會提到我的名字……哎，不過要是她沒有因為那場震撼而感到開心，那我也開心不起來呢。

不過……原來如此。仔細想想，現在的我即使想和晴前輩見面，也一點都不會顯得突兀耶。

真希望哪天能和她好好聊聊……即使和前輩們道別後走上歸途，這樣的念頭依舊盤旋在我的腦海中，揮之不去。

和小恰咪線下合作

某天在直播時發生了這樣的狀況。

「綜上所述，女體拼盤就是如此美妙……奇怪？」

：聽不清楚。

：小咻瓦——？

：雜音好大聲啊。

：是網路卡頓？

：看起來是麥克風的問題？

我和平時一樣開了閒聊直播，結果聲音似乎沒辦法順利傳到觀眾們的耳裡。

我試著調整麥克風的各項設定，卻只是讓雜音的狀況雪上加霜。接著也確認了網路的狀況，然而連線狀況一切正常。

我最後想到可能是直播網站的問題，於是去看了一下其他成員的直播，但這些直播也沒有問題。

嗯，看來是麥克風壞掉了呢。

也是啦，畢竟這支麥克風從初次直播開始就天天上陣，用到今天會壞掉也算是合情合理，應該說真虧它能撐這麼久呢。

在這種狀況下，終究還是沒辦法繼續直播下去，於是這天我便草草收場了。

要是有買備用的麥克風就好了……也得向觀眾們道歉才行。

@麥克風好像壞掉了！

雖然還想繼續直播，但看來是沒辦法了，所以今天就播到這邊了……

真的非常抱歉！我會趕快添購新麥克風的！@

我在社交網站上貼了道歉文後，這天就乖乖地跑去睡覺了——

「嗯嗯……呼啊啊啊……奇怪？」

隔天早上的我幾乎沒有宿醉的症狀，於是邊思索著該買哪種麥克風邊做早餐。而我拿起手機一看，才發現小恰咪透過社交網站傳了私訊給我。

〈柳瀨恰咪〉：關於麥克風……如果不介意是二手貨，我可以送妳一支喔？

〈心音淡雪〉：咦？真的嗎？可以嗎？

援手從意想不到的地方伸了過來。

雖說現在收入變得安定許多，但由於我已經窮習慣了，能夠獲得這樣的支援還是教人感激。

〈柳瀨恰咪〉：開始做asmr直播之後，我也對麥克風產生了興趣，因此多了好幾支不怎麼常用的備品。妳願意接收的話實在幫了大忙！

如此這般——

「妳好——！」

「歡迎！我是柳瀨恰咪，也就是『藤田滿』喔！」

我就這麼造訪了小恰咪的住處啦——！

「我是心音淡雪，也就是田中雪！今天有勞關照了！」

「呵呵，不過今天除了我們之外也沒其他人，即使用直播時的名字稱呼也沒關係呢。」

「也是呢！」

要說為什麼會變成這樣嘛……一開始我打算請小恰咪用宅配把麥克風寄過來，不過似乎也住在東京的小恰咪說：「我希望妳能親自挑一款喜歡的麥克風，要不要來我家一趟？」——事情就這麼敲定了！

順帶一提，由於時間剛好，所以我們也決定開個線下合作台了！

話又說回來，雖然原本就猜到了，不過小恰咪果然比我年長呢——總覺得她散發著一股溫柔大姊姊的氣息。

作過自我介紹後，我便被邀進家門。

「那麼，妳先找個地方坐，我去一下洗手間喔。」

「啊，好的！」

她待客的態度相當正經，讓我稍感意外。原本以為她會和平時一樣，表現出極度怕生的那一面呢。

不過她說話的方式倒是和平時開台一模一樣……真不可思議。

「好啦好啦，這些就是我的麥克風，妳想要哪一支？」

「咦？這數量是怎麼回事？我真的可以從這麼多麥克風裡面隨便挑一支嗎？」

我坐著等候了一會兒後，便見從廁所出來的小恰咪抱著裝滿一紙箱的麥克風現身了。

雖說是全職直播主，但有這麼多不常使用的麥克風依舊相當驚人。

況且這些麥克風的狀態都相當好，說是九成新也不為過。

真的可以拿走這麼好的東西嗎……

「當然可以。如果妳有需求，除了普通的麥克風之外，也能給妳asmr用的麥克風喔？」

「您是說真的嗎？」

「因為我買得太多，消耗的速度根本跟不上，最後就變成類似收藏品一類的東西了。這些都是我精挑細選的麥克風，自然希望能交給別人繼續使用嘍。」

「真的非常感謝您……」

「就選個喜歡的吧！那麼，我去一趟洗手間。」

「欸？妳不是才去過嗎？」

「我、我在撇尿這方面與其說是全自動連發，不如說更貼近三發點放呢！」

「嗄？到底是什麼意思？」

「總之我要去一趟了！」

說著，她便踩著急躁的腳步，真的再次躲進了廁所。

……總覺得好像猜到了大概。

在這之後，我不但選了一支普通的麥克風，還挑了一支asmr用的麥克風。真是感激不盡。

「很好很好，那我得再次去一下洗手間……」

「……順便問一下，您去廁所做什麼？」

「真是的，小淡雪，就算是同性，問這種問題也是很不禮貌的喔！」

「盯——————」

「就、就說是那個……三發點放啦！」

「盯——————！」

「……是、是去進入冷卻時間啦。」

「冷卻時間？」

「因為太過緊張，我的心臟跳得超快，得一直進洗手間平復下來喔。」

「噢……果然是這麼回事……」

雖然我剛剛說她看起來很放鬆，但小恰咪果然還是不改一如既往的作風啊。

從反應來看，她似乎也是刻意用上直播時的口吻，好讓自己能多說點話。

「不不，我的心臟是真的在怦怦亂跳喔？要不要聽……我的心跳聲呀？」

「呃，只聽您這句話雖然是挺性感的，但現在的狀況一點也不會讓我感到心動呀。」

「還不是因為……」

「但要是等下直播時依舊頻頻上廁所還是不太好吧？說不定會被安上『排泄物製造工廠』一類的外號喔。」

「……可是會安上這種外號的，一定是小淡雪家的觀眾吧？」

「真是非常抱歉。」

我們就像這樣抬槓了一陣子，最後總算說服她和我待在同一處空間。

一旦視線稍微相交，她就會看似害臊地低下頭。然而這也和亮麗的外貌形成反差，讓人不禁為之心動。

怕生的大姊姊很讚喔。

由於今天打算從晚上開始直播，所以——小恰咪居然要幫我煮晚餐！

我也算是會做菜，因此在幫忙的同時期待著今日的菜色。不過……

「來，請用！」

「……」

為什麼要以一副理所當然的態度端出強零給我？

「啊，難道小恰咪也喝強零嗎？」

「不是喔。我平常不喝酒，要喝也是喝紅酒或是雞尾酒。」

「……那為什麼妳會從冰箱裡拿強零給我？」

「我剛剛姑且聯絡了經紀人，問她可不可以和小淡雪一起在家裡開合作直播，結果她說：『要好好準備強零給她喔！』我就乖乖照辦了。」

「我們上Live-ON的屋頂去吧……我很久沒有……這麼生氣了。」

「妳玩壺婆的時候不就生氣過了嗎？」

哎呀，Live-ON的工作人員實在太過貼心，有時甚至會讓我不知所措呢！

「呃……那妳不喝嗎？」

「我喝。」

「答得也太快了！」

既然被人用這麼悲傷的眼神看著，那我不喝可就不行了。應該說，其實我本來就很想喝呢。

看來今天的直播似乎也會是一片混沌……

「好咧！開始直播的啦——！」

「呵呵呵，晚上好。平時會將大家帶往至高治癒之地，但今天絕對束手無策的柳瀨恰咪姊姊來嘍。」

：來啦————（。Ａ。）————

：啥？小咻瓦？

：混了怪東西進去笑死。

：和小咻瓦一起線下合作，肯定不會什麼事都沒發生……

：恰咪大人的貞操危險了！

：完全把小咻瓦當成危險物品對待笑死。

：好喜歡一開場就宣告敗北的姊姊。

我們有事先預告今天的合作，所以才一開場就有相當驚人的在線觀看人數。

不錯嘛，場子都熱起來了呢！

「喂喂，我說你各位啊，這可是線下合作喔？我已經從背後『啾～』地緊緊抱住小恰咪好一陣子了喔！這樣做當然沒問題吧！」

：喂和我交換一下。

：妳是栽〇人（註：栽培人，漫畫《七龍珠》的敵方角色，以抱住並自爆炸死飲茶聞名）**嗎？**

：恰咪大人心靈的強度也和飲茶差不多廢，比喻得挺妙（笑）。

：還請您和平時一樣一個人自爆吧。

：小恰咪的內心大概很絕望吧。

「倒也不是這麼回事喔。起初確實是差點失去意識，現在的心情卻挺好的。因為我很久沒接觸人類的肌膚……原來人類擁有著如此讓人心安的溫度啊……」

：哭了。

：這台詞營造了悲劇女主角的氛圍，去比賽的話有望奪冠。

：請就這樣加熱一輩子吧。

「嗚嘿嘿嘿～欸欸，所謂的S〇X就是讓身體交疊在一起對吧？既然這樣，我們等於就是在S〇X不是嗎！」

「哎呀真奇怪，我怕生的症狀又發作了。身體一直在抖……」

：恰咪大人，那不是怕生，是生物害怕被吃掉的本能恐懼感。

：高捧重摔的天才咻瓦咻瓦。

：上次直播的麥克風老弟為了不讓主人醜態畢露，展露自願故障的精湛操作。但這次看來沒人能阻止她了啊。

：請立即從我老婆身上移開。

「好啦總之就是這樣。要來回覆蜂蜜蛋糕的啦——！」

@請問強零是可以從下方開始喝的嗎？@

「大家都是從下方喝小恰咪的〇〇對吧？這是同一件事喔。」

「咦咦咦？」

：原來如此。

：我徹底明白了。

：冷靜點！這一點根據也沒有啊！

：這種進展也逐漸自成套路了笑死。

：才第一則就這樣啊……

：恰咪大人的〇〇，是該從下面喝，還是從旁邊看——決定翻拍電影。

「順帶一提，好像是三發點放喔！」

「把、把那種事忘掉啦！」

@I am the bone of my strong zer〇

Aluminium is my body and alcohol is my blood

I have drunk over a thousand strong zer〇s

Unknown to Death,

No known to Life

Have withstood drunkenness to drink more strong zer〇s

Yet, those hands will never hold anything other than strong zer○

So as I pray, Unlimited Strong zer○s @

「嗯～就算是無限酒製的咒文，只要變成英文看起來就會帥氣很多，真是不可思議！但這只是在形容一個喝強零喝到無可自拔的爛醉鬼而已吧。」

「為什麼觀眾裡面會有這種精通英文的高手？小淡雪的觀眾群真是充斥謎團……」

@hey guys we have a gift for you——請翻譯這句話 @

「呃……嗨！我有禮物要送你！是這樣嗎？」

：真不愧是小恰咪，這點問題還難不倒她的樣子。

：啊……（察覺）

「啊，是在色○影片裡會出現的那句話！」

「色？」

：至於另一位——

：則是符合預期的反應笑死。

：這已經是我們的母語了。

：小恰咪一直被耍得團團轉笑死。

：因為她不像詩音媽咪那樣擅長臨機應變嘛www

@既然您已和小恰咪線下合作，會打算將小恰咪也拖進強零的沼澤之中嗎？您還有計劃將其他直播主沉浸於強零的沼澤裡嗎？@

「應該說，如果能在現實裡弄出強零沼澤，我就會歡天喜地地沉進去呢。」

「嗯，我好久沒感受到人類散發的瘋狂氣息了。還有我是不會沉進去的。」

：是要自己沉進去啊……（困惑）

：要洗碳酸浴嗎？

：我已經笑到腹肌都要爛掉了，所以現在的我也和腹肌是一樣的。

@妳掉到泉水裡的是這個強零(・ω・)ﾉ彡（檸檬）呢？還是這個強零(・ω・)ﾉ彡（500毫升罐裝酒）？還是說……是這個強零啊啊啊啊啊啊啊(/・ω・)/砰砰！「整箱的強零」？@

「我掉的是強零製造工廠。」

「媽咪救命。這個世界好可怕。」

：慾望的化身。

：已經不是生草了，是生竹子。

：看來在別人家也熱衷於綠化運動呢。

：這應該是未經許可種植的竹林吧。

：小恰咪透過強零知曉了世界。

「呼，很好很好！蜂蜜蛋糕的回覆就到此為止吧！」

「嗯，對呀。明明才剛開始沒多久，我卻覺得累得要命……」

：辛苦了。

：因為旁邊有台耍寶機器，恰咪大人似乎會過勞死的樣子。

：小恰咪的膽子明明和跳蚤差不多大，但從剛剛都有好好對話，真偉大！

：的確如此。

：我說不定還是頭一次看她在合作直播裡講這麼多話。

「哦，的確是這樣呢。該怎麼說呢……我雖然怕生，但要是有人拚了命地開話題拉我聊，我意外地很能說呢。應該說，我最害怕的是遇上一群同類，結果在那邊顧慮彼此，陷入極為尷尬的沉默。」

：好像能懂。

：沒和能開話題的人在一起時，就常常發生這種沒人想出頭，導致氣氛一片安靜的狀況……

：最後會變得像是分組報告，打著顧慮彼此的名義開始互相推卸責任。那才是真正的地獄啊。

：你們也對怕生的人種研究得太詳細了吧……

：草。

「原來如此！所以抱持著『一鼓作氣』（註：電玩「勇者鬥惡龍」的自動戰鬥方針，隊員會傾全力使出最強攻擊）的精神繼續直播就可以了對吧！小恰咪！」

「請不要這樣再這樣下去我會死的。」

「好耶——！就卯足全力進行下一個環節的啦——！」

「糟糕了……我覺得我的眼前出現死兆星（註：漫畫《北斗神拳》裡，據說看見死兆星之人代表死期將近）了。」

：仰望天空吧！妳一定看得見！看得見那顆死兆星的！

：囧囧托奇（註：對戰型電玩「北斗之拳」裡，選擇公認的強勢角色托奇時出現的效果音）。

「如此這般，既然要和小恰咪合作，那當然就是這個！『構築小恰咪的對話牌組』專欄！」

「哇——哇——！咚咚！……吧、吧噗吧噗！」

「我射了。」

「居然用三個字就能讓人陷入恐懼……？這、這就是對話力的高低之別嗎？」

：小恰咪振作一點！

：老實說挺可憐的。

：明明只是順勢喊了幾聲，結果就無法脫身了。

：倘若這玩意兒能稱為對話力，這世上個性外向的人們全都會被以性騷擾的罪名逮捕啦ww

：我活著就是為了看這個單元。

：活著的希望已成風中殘燭的老兄，要堅強地活下去啊。

「我的美擼偵測器不小心有了反應，真是抱歉……」

「妳要是以為加個『美』字聽起來就很有教養，可是大錯特錯喔。」

言歸正傳。接下來要進行的「構築小恰咪的對話牌組」，是與小恰咪合作時極常出現的獨門環節。

簡單來說，就是讓小恰咪以「我在某某情境時不曉得怎麼說話」的形式出題，合作對象則依此給出合適的答案。

然而，Live-ON的成員都是些特立獨行之輩，雖然會給出正經的建議，卻也會交織著讓人捧腹大笑的荒唐意見，是以成了極有人氣的環節。

「很好！那就有請小恰咪出題！」

「這個嘛……在我想喊店員點餐的時候，如果桌上沒有呼叫鈴，用餐地點的又是店員不怎麼在外場走動、生意又好的餐飲店，會讓人很頭痛呢。之前光是為了請店員過來點餐，就花了我好多時間呢。」

：真是深有同感。

：因為有其他客人在，也沒辦法大聲喊人呢……

：看到店員很忙的時候，就會猶豫該不該叫住他，也會擔心會不會干擾到正要點餐的其他客人啊。

：大家都心心相印呢。

：嗯？也就是說，既然我和小恰咪呈現心心相印的狀態，就代表我們的思路聯繫在一起，這等於是在S〇X了吧？

：你的思緒變得太咻瓦咻瓦啦。

「嗯！那來模擬一下情境吧！我來到了桌上沒有呼叫鈴、店員很忙、生意又很好的店裡用餐。現在試著向店員點杯強零吧！」

「總覺得好像被趁機加了奇怪的料，但我已經習慣這種感覺了。反正我當時的情境確實也差不多是這樣。那就來點餐吧。」

很好，那就上啊——！

「首先把臉貼在桌面上。」

「光是第一步就讓我有不好的預感了。」

「接著便會有店員過來關切，趁這個機會點餐。」

「原來如此！」

「嗚欸、嗚欸嘻嘻嘻！店、店員先生，請給我那個……請給我那個灌下去就能讓腦袋飛到九霄雲外的玩意兒……！我已經變成了沒那個就活不下去的身體了喔喔！啊，在吶喊啊，我的身體在吶喊著『快給我灌進來』啊！給我！快給我啊啊啊啊啊啊！」

「欸，妳點的應該不是強零，而是警察先生吧？」

「啊哈哈哈！因為點強零，人生也跟著『強』行歸『零』嘛！」

「啥？」

……啥？

……啥？

……啥？

「啊、啊哈哈……先、先別管我的玩笑話了！就實際狀況來說，如果想提升對話力，就只能讓心靈變得更加堅強，所以相當不好解決呢。這也不像肌肉那樣，憑藉鍛鍊就能擁有嘛。」

「真的是這樣呢。」

「我在當學生時也很少主動向人攀談呢。在黑心公司上班的時候，由於時常得往熟客或是個體戶那邊跑，如果每次都得為此忐忑不安，內心肯定會承受不住。當我抱持著豁出去的心態嘗試後，最後總算變得能和正常人一樣交談了。儘管如此，參加Live-ON面試或是來到一些詭異場所時，我的垃圾嘍囉心靈還是會表露無遺就是了。」

「啊，是這樣啊。果然契機很重要呢。」

「我是這麼認為的。但我經歷過的其實是以毒攻毒就是了。」

「那麼，請小淡雪成為我的契機吧。」

「嗯？什麼意思？」

「我覺得自己在這次直播好像變得能比較自然地和人說話了。所以我在想，如果這樣的感覺能成為契機該有多好。」

「所以說？」

「倒也不是什麼難事，只是在想我們今後能相處得更融洽就好了。」

「什麼嘛！這點小事當然ＯＫ了！應該說一想到能進一步享受這樣的肉體我就嗚嘿嘿嘿……」

「……看來也順便學一下防身術吧。」

：這是貼貼……嗎？

：這不錯喔~

：不搞笑一下就不甘心的女人w

「很好，直播結束！小恰咪辛苦了！」

「辛苦了。那麼，小淡雪要怎麼回去？已經很晚了喔？我今天沒喝酒，要不要開車送妳回去？」

「嗯～我今天想住小恰咪家耶～」

「咦？可以嗎？」

「哦？喔喔？」

奇、奇怪，我是基於會被拒絕的前提才這麼開口的，想不到她居然興致勃勃地咬了上來。

「我的夢想呀！就是找人來我家開過夜派對呢！」

「是、是這樣呀？」

「啊，妳應該覺得很莫名其妙對吧！對於怕生又孤獨的我來說，和朋友一起辦過夜派對，就是最頂級的現充行為喔！我一直很期盼呢！是恰咪夢呢！」

小恰咪以閃閃發亮的眼神盯著我，連珠砲似的說了好長一段話，我都快聽不清楚了。她的情緒明顯高昂得前所未見，就連用詞都變得有些幼稚，或許是反映出她真實的一面吧。

「可、可是貿然借宿真的沒問題嗎？」

「啊，妳不必擔心！為了讓誰都能前來借宿，我從還在唸書時就備齊了給客人用的地鋪、牙刷和睡衣等各種住宿用品喔！」

「從還在唸書的時候就準備了？都這麼認真地做了準備，結果卻從來沒開過過夜派對嗎？」

「我一直一直有好好保存這些東西呢～這一天總算來了呢！」

妳的期待也太深沉了吧！根本就是執念了！

不、不過，她已經興奮到幾乎要跳起舞來，而我也對到女孩子家過夜一事欣喜若狂，所以沒關係吧。

總覺得看看散發成熟氣息的人露出這種打從心底感到開心的模樣也挺好的啊～與其說會想讓人擼，不如說會讓人會心一笑。我不禁跟著露出了笑容。

「啊，我已經放好熱水了，妳先洗吧！」

「謝、謝啦！」

「要一起洗嗎？」

「咿耶？」

「真是的——我是在開玩笑啦！反應好可——愛喔——！」

灌、灌了強零的我居然被她玩弄於股掌之間？

唔，看不出她會怎麼反應！想不到亢奮起來的怕生姊姊居然會有這麼強大的破壞力！

如此這般。在心跳加速的情況下，我們都洗了澡，也做好睡覺的準備了。

「剛、剛才真是抱歉……因為實現了多年的夢想，我一時有些失控了……」

「不會不會。」

小恰咪睡在床上，我則是在她旁邊打了真的保存得很乾淨的地鋪。

啊，這麼說來，我在高中畢業之後就沒辦過過夜派對了呢。總覺得連我都有些小鹿亂撞起來了呢。

畢竟酒是在晚餐時喝的，在那之後也洗了澡，所以也可能是醉意逐漸消退的關係吧。

小恰咪似乎同樣恢復了冷靜，正一臉害臊地低著頭。

「啊，對啦！既然機會難得，我來幫妳掏耳朵吧？」

「什、什麼？」

或許是耐不住尷尬的氛圍吧，只見小恰咪提出了一個不得了的提議。

這、這難道代表……我能親身體驗幾乎每天都會收聽的小恰咪asmr的節目內容是也？

不妙啊不妙啊……我該不會明天就死掉了吧？

「喏，請過來躺膝蓋吧！不過我雖然開了很多次的掏耳朵asmr直播，幫真人掏耳朵卻還是第一次，所以可能會有些笨手笨腳。」

「好、好的。」

儘管有些畏縮於這聖潔的氛圍，但我仍將腦袋放到了她神聖的大腿上頭。

「那麼，我要開始掏嘍。」

我原本打算將眼下的狀況深深地印入腦海，盡情享受這場盛宴……

「哈啊……哈啊……唔！」

「等等，小恰咪，妳的手也抖得太嚴重了！完全就是抖個不停呀！這會讓我擔心耳朵的安危，變得像是在玩皇帝牌的開○老弟（註：漫畫《賭博默示錄》在進行名為皇帝牌的對決項目時，主角開司的耳朵被裝上了會依輸掉的賭資向前戳出的長針）的心境啦！」

「對、對不起！我從來沒和別人的臉貼得這麼近，所以超級緊張的！深呼吸深呼吸……」

小恰咪果然沒辜負我的期待呢！

不過，她似乎逐漸習慣了現在的狀況，我隨即享受到掏耳朵獨有的幸福時光。

掏耳朵真的是這麼舒服的一件事嗎？我自然而然地閉上眼睛，再也沒有張開的打算。

才不過幾分鐘而已，我的睏意就來到了頂點。

「呵呵，要睡覺也可以喔。」

「嗯嗯……我要和小恰咪一起睡。」

「哎呀，可以喔？」

「我想一起睡地舖。」

「？這、這提議真不錯呢！感覺超像現充的！呼嘻嘻，現在的我肯定就是個現充，絕對不會錯的！」

「嗯嗯……我想真正的現充是不會說自己是現充的……」

結果歷經一波三折，我和小恰咪一起在地鋪裡睡覺了！太棒啦！

心音淡雪的挽救清秀計畫

在享受過與小恰咪的合作的隔天，我為了炫耀從小恰咪家得到的新武器，興沖沖地開了今天的直播台。

「——各位好，今晚也是飄著美麗淡雪的好日子。」

：已經開播了！

：是小淡！

：好強，才剛開播而已，同時觀看人數就已經和晴晴差不多了。

：真的成長了呢。

：三期生起步稍晚的大革命。

：比起這個……直播的標題好像……

「是的，聊天室似乎也有觀眾提及——今天的直播主題是『心音淡雪的挽救清秀計畫』！」

：草。

：我覺得已經能窺見最後的爆點了。

：如同教科書般體現何謂自掘墳墓的女人。

：只能生草了。

：光是標題就能帶來這麼多樂趣，果然是天才吧。

「好奇怪喔？我明明非常認真……應該沒有什麼好笑的地方才對吧……」

：嗯？妳剛才說了強零是吧（重聽系主角）。

：沒（說過）。

：詞彙的內容會隨著人生態度改變呀。

：有個仁兄悟道了好喜歡。

嗯，老實說我早就知道會有這種反應啦！

「最近啊，我不是被稱作擬人版的強零，就是被稱為會走路的綠化運動，要不就是綠狒狒或永遠的零，甚至還有腦袋裡裝了睪丸之類的，怎麼看都是與清秀極不相符的外號居多呢。」

：抱歉，這草已經長到要變成庭院了。

：有好幾個外號還是第一次聽到www

：別講什麼睪丸啦笑死。

：到底是做了什麼事才會被安上這些渾號……（害怕）

「今天的我是認真的！我會將小咻瓦這位神祕人物的影子一掃而空，在今天展露出清秀指數百分百的淡雪！」

：喔、喔，這樣喔。

：真的嗎？

：沒問題吧……

：強零的濃度是百分之九喔，百分之百會要命的。

：明明是在進行對話的傳接球，有些仁兄卻在接到棒球後拿足球扔回去，好喜歡。

：聊天室到處疑神疑鬼笑死。

：我倒是挺期待的。

：哎，反正小淡出品必屬神作嘛！

「今天回覆完蜂蜜蛋糕後，我會揭露讓大家大吃一驚的計畫，可說是毫無破綻！」

：真的嗎！

：相當值得期待呢。

：如果是恰咪大人就放心了。

：太棒啦。

：聊天室對恰咪大人和小淡的態度有著雲泥之差笑死。

「好啦，首先先一如往常地來唸蜂蜜蛋糕吧！」

@大概是強雫吧ｗ

我雖然不這麼認為，但周遭的人都說我長得和強雫很像www

前陣子被一群腦殘纏上的時候，我也是一回神才發現自己把他們打得滿地吐強雫了www

順帶一提女友也長得像強雫（沒人問你ｗ）@

「呵、呵呵呵！噗、呼嘻、喔、喔呵呵呵喔呵呵呵！真、真是一則有趣的蜂蜜蛋糕呢。」

：拚命忍著不爆笑的反應真草。

：確實很好笑。

：被人說長得很像強雫，這百分之百不是在稱讚吧www

：女友長得和強雫很像喔……（默哀）

@淡雪，告訴我……我們還得丟多少次超級留言？我還得對Live-ON的直播主們丟出多少次超級留言……強雫什麼都不告訴我……告訴我吧，淡雪！@

「為什麼要向強雫尋求答案呢……投超級留言的時候請以不傷荷包為第一優先！懷抱痛苦之情傳送的超級留言，應該也會讓直播主感到悲傷吧。至少我是這樣想的！」

：說得好！這正是直播主的楷模！

：託Live-ON的福，我在工作時充滿幹勁，最近還升官了。

：喔——挺好的嘛！

@快打旋風全系列之中最喜歡哪一款？@

「呵、呵！你大概是想要我說出ZERO這個答案吧。但老實說我喜歡的是四代和五代呢，還有喜歡的角色是神月卡琳。」

：這種時候應該要舉出看似清秀的角色才對吧……？

：草。

：這題希望哪天也能由小咻瓦來回答。

@如果強零也能拿來做甜點……

我會告訴妳食譜，所以可以做給我吃嗎？@

「呃，結果做的人是我嗎！但對於『喜歡下廚』的我來說，當然也對這份食譜很感興趣，還請你一定要告訴我喔。」

：刻意強調自己會下廚笑死。

：在強調的同時也能獲得有效利用強零的菜單，真是高手。

：感覺最後會變成拿強零當下酒菜配著強零飲用。

@昨晚過得還開心嗎？@

「呵呵呵，其實比各位所預期得還要開心許多喔？容我之後娓娓道來吧。」

：什麼？

：踢翻椅子起身！

〈宇月聖〉：全裸等待中。

：什麼事！究竟發生了什麼事？

：聊天室的留言速度變得爆快www

：說了全裸等待的聖大人，感覺真的會脫光衣服笑死。

「好啦，我想大家也等得不耐煩了，就讓我展示從小恰咪家得到的祕密武器吧！」

我最近可是一直被說「小淡和小咻瓦之間愈來愈沒什麼差異了」呢！

偶爾也得讓大家回想起清秀的淡雪是什麼模樣才行！

好啦！粗花啦（註：電玩「復活邪神‧吟遊詩人之歌」角色奈特哈爾特的台詞）！

噔、噔、噔噔噔噔！（鏘——）噔噔噔噔（註：電玩「復活邪神‧吟遊詩人之歌」角色奈特哈爾特的主題曲擬音）！

……腦袋裡當下閃過這些哏，是不是代表我已經沒救了？

算、算了，我得振作起來！

「嗚呵呵，今天打算以這種感覺上喔。」

新武器——從小恰咪那兒得來的asmr麥克風要亮相啦！

我同時壓低音量，以夾雜著吐息聲的氣音開口。

：呼啊？

：我舔！這是氰酸鉀？

：我雖然想糾正說是asmr，但該位仁兄看來快升天了。

：原來如此，果然是小恰咪的手筆。

：儘管很想說酒臭味很重，但老實說真的挺刺激的。

：小清秀真可愛！太棒啦——

：音色真是相當美妙。

：耳朵要懷孕了。

：這就是用強零鍛鍊出來的聲帶之力嗎……

「好～的～剛剛扯強零出來講的人，將被我處以把強零倒入耳朵之刑。碳酸咻瓦咻瓦的聲音很舒服吧？」

：咿？

：喂，這是你們最愛的碳酸系asmr啊，很開心吧？

：在耳邊這樣說話真的會毛骨悚然笑死。

：饒了我！饒了我！

：所謂小咻瓦，其實是小淡把強零倒進耳朵，才會讓腦袋變得咻瓦咻瓦的……這樣的可能性應該微乎其微地存在吧？

：這飲酒方法嶄新得嚇人，應該只有我看到，別人都沒發現。

「嗯，玩笑話就說到這裡。由於剛剛已經收到許可，我打算也聊一下在小恰咪家發生的事呢。其實呀～我在小恰咪家住了一晚喔！」

：瞎米！

：我就等你三秒鐘！時間到了！我就聽妳說完吧（註：動畫電影「天空之城」裡反派穆斯卡的台詞，原句為「我就等你三分鐘」）！

：超喜歡不耐煩的穆〇卡。

：但實際上穆〇卡也只等了五十秒左右的說。

：原來妳既是戀童癖又喜歡百合嗎？（倒彈）

：淡雪的身體究竟是虛擬的，抑或是由強零構成的？我們的科技甚至連這點小事都無法查證（註：原句出自動畫電影「天空之城」裡反派穆斯卡的台詞）。

〈宇月聖〉：要不要來我家做……住一晚呀？

「我感受到了生命危險，這次請恕我拒絕。」

〈宇月聖〉：（、・ε・´）

：草上加草。

：連文字也藏不住的強烈慾望。

：對上性大人時偶爾會變成S呢，超喜歡。

：對於說要全裸等待的傢伙，用這種語氣嗆一下剛好吧www

「言歸正傳。我原本沒有留宿的打算，然而試著開口後，小恰咪表示她對過夜派對抱有強烈期待，於是我就真的住下來了。身為一名VTuber，我有義務將這些過程說給觀眾聽，所以我要詳細地開始解說嘍！」

：您真是上道。

：只在和女人有關之際變得機靈的淡雪。

：糟糕透頂的渾名又增加了笑死。

：才沒這回事！她在搞笑方面也超有才華！

：果然是搞笑藝人吧？

：我想小恰咪確實沒辦過過夜派對呢……

：還請每天都去借宿吧。

：這樣的狀態叫做同居喔。

：一語驚醒夢中人！

「首先是晚餐，我們兩個人一起做了蛋包飯呢！呵呵，因為有我在，小恰咪緊張得沒把蛋皮包好，還為此感到沮喪喔，很可愛對吧！她甚至紅著一張臉說：『我、我平時都包得超好的！怎麼只有今天這樣……』」

：小恰咪的垃圾嘍囉心靈還是一如往常，真可愛。

：我更想吃失敗的作品呢。

：有點懂。

：接下來都要用這種輕聲細語接連訴說尊貴的篇章嗎？我快受不了了。

：小淡 is god。

：小淡雪很清秀！小淡雪很清秀！（用「幸福就是義務」的口吻）

呵呵呵！看看這片聊天室！這已經徹底證明我是個清秀的人了！

喂，現在在想「這完全是拜小恰咪之賜吧」的傢伙快給我滾出來。

「不過吃飯時，因為經紀人多管閒事，小恰咪還特地拿了強零給我……」

：真的假的www

：經紀人超級機靈笑死。

：Live-ON果然不會辜負我們的期待。

：該投超級留言給經紀人了。

「呃，接著在直播結束後，我們雖然分開洗澡，但在洗完澡後，我幫小恰咪吹頭髮了！哎呀——她的頭髮真的是柔順如絲，令人愛不釋手呢！我也在那之後請她幫我吹頭髮了！」

：喔呵——（｀ω´）

：太尊貴了我要死了。

《柳瀨恰咪》：因為我不怎麼出門，頭髮也沒什麼損傷呢。

：草。

：本人來了啊！

：聽到理由我哭了。

「既然如此，我們下次去遊樂園玩吧，小恰咪！」

《柳瀨恰咪》：我馬上做準備。

「等等！動作太快太快了！冷靜一點！」

：小恰咪的內心似乎超級開心w

：雙重之尊貴，啊——（註：動畫「神劍闖江湖」裡相樂左之助使出「雙重之極限」招式時的英文配音版本。特徵是將招式原文的日文假名一一唸出，並在最後大喊一聲）**！**

：又拿了這麼懷念的哏出來……

「呃、呃呃，之後則是在就寢之前讓她幫我掏耳朵！」

：花惹發？

：太讓人羨慕了……

：根本是asmr的實驗品嘛！

：小恰咪用棒子戳弄小咻瓦讓她舒服起來，而且還睡在同一張床上，這其實已經是S〇X了對吧？

：無自覺攻小恰咪×爛醉誘受小咻瓦。

：感覺會出成薄本。

「我是真的很喜歡掏耳朵呢。不過以前因為掏過頭，搞到耳朵發炎去而了一趟醫院，在那之後就很少掏了呢。」

：www

：原來從以前就沒有限制器啊……

：妳對有成癮性的東西的抵抗力也太低了吧笑死。

：明明是在做asmr，卻穿插了一些恐怖話題，根本放鬆不下來笑死。

：這、這依舊完全算是清秀啦！

糟糕，因為對掏耳朵的熱忱太過強烈，害我一時大意，讓形象又從清秀上頭滑開了！

還沒呢，還沒結束！

「哈、哈哈哈！最、最後我們可是感情融洽地一起打地舖睡覺呢。」

：大駕光臨了～

：真假？

：這實際上已經結婚了吧。

：活著真是太好了。

：哦——也太色了吧。

「掏耳朵激起了我的睡意，所以我就先睡著了。啊，不過早上是我先醒來的喔！呵呵，想說機會難得，我便先去做早餐。而小恰咪雖然也在那當下起床，但她只是喃喃說著：『小淡雪……？我在作夢吧……』接著睡起了回籠覺呢。」

：揚起的嘴角降不下來。

：恰咪大人好萌。

：和外表的反差超棒的。

〈柳瀨恰咪〉：那是因為我第一次辦過夜派對，興奮到很晚才睡著，所以早上起來有些迷迷糊糊的。

：妳是小朋友嗎！

「呵呵呵。做好早餐後，我又再次去叫她起床。總算明白狀況的她紅著一張臉，表現得相當慌張呢。」

：能聽到起床趣談讓我大為滿足。

：這肯定就是清秀無誤了。

：幹得好！這就是清秀的表率！

呵，看來這回會以我的完美勝利劃下句點呢。

說我是將Live-ON的清秀冠冕搶回手裡也不為過吧？

嗚～呼w哈～哈啊～哈啊～哈啊～ww呼啊啊～哈～哈～哈～哈ww哇～哈哈～哈～哈～wwww嗚～哈～哈ww（帕〇卡斯的笑法（註：動畫電影「七龍珠Z　燃燒吧！熱戰、烈戰、超激戰」裡布羅利之父帕拉卡斯的笑聲，整段長約十八秒））

「好的，報告到此為止。由於時間晚了，今天的直播也差不多該結束嘍！」

：辛苦了。

：辛苦了！

〈宇月聖〉：**太尊貴導致我昏過去了。**

：幹得好。如果不將這場過夜派對公諸於世，那會是全人類的損失。

：辛苦了！

好啦，其實明天預計會是我直播主人生重要的里程碑，還是好好睡上一覺以備萬全吧！

收益化紀念直播

「呼、呼……」

我一如以往地面對著電腦螢幕，正準備開始直播，心情卻與平常大不相同。

我的心跳不斷加速，呼吸快喘不過氣。上次在直播之前如此亢奮，應該是首次直播的時候了吧。

我勉強壓抑焦躁的心情，以顫抖的手指按下開始直播的按鈕。

這可不是因為強零喝太多而產生戒斷症狀！應該說我根本沒喝喔！

能讓我如此高亢的理由是……

「各位晚安，今晚也是飄著美麗淡雪的好日子！那麼，今天開的是收益化紀念直播！而且也是真白白為我描繪的新全身圖亮相之日，此外還有更多有趣的內容喔！」

：來啦——————（゜∀゜）——————　￥500

：噗咻！

：￥155

：噗咻！

：￥155

：噗咻！

：￥155

：（收益化）太慢了嗶！　￥10000

：恭喜！　￥1000

：聽說有人開尼特畢業台。　￥3000

：喔，是以清秀模式開場呢！

：￥155

：在本性畢露的這個節骨眼公開新全身圖……？總覺得好像窺見爆點了（笑）。

￥800

沒錯！今天正是我翹首盼望的收益化核可紀念直播！

啊，大量的超留（超級留言）正以目不暇給的速度刷著聊天室……

我已經！心情好到了極點！我正在引領著經濟呢！

或許也有人會氣沖沖地說：「妳只是為了錢才會這麼開心嗎！」但值得開心的事就是會開心，我也沒辦法呀！

這是我從一事無成的人生谷底大大翻身的瞬間，所以無論別人怎麼說，我依舊開心得無以復加！

啊啊啊啊……現在的我肯定是這世上最幸福的人了……

「真的非常感謝各位！我今天雖然沒喝酒，但聊天室經常提起名為強零的酒，所以我打算『首次』試飲看看！」

：啥？

：啥？

：啥？　￥1000

：好的，到這裡為止都還是套路。

：好的好的老招老招。　￥500

：￥155

「此外，不可思議的是投155圓的超留異常地多呢。雖然不明所以，但我還是會下跪感謝各位的。如此一來我還能再戰十年。」

：為什麼是155？

：因為是剛好能在超商買一罐強零的價格。

：草。

：看起來是真的喜上眉梢笑死。

：**這就是神聖三位數啊。**

：**我也來丟吧。　¥1500**

「那麼，我今天打算用350毫升的檸檬口味和大家乾杯！」

噗咻！

：**噗咻！**

：**噗咻！**

：**俺也來噗咻！**

「那麼——乾杯！咕嘟咕嘟咕嘟……噗哈啊啊啊啊！」

：**乾杯！**

：**一副喝得超爽的樣子w**

：**怎麼看都不是第一次喝強零的喝法笑死。**

：**總覺得一起喝挺好的呢。　¥5000**

：**這就叫美酒恐攻。**

啊不妙，收益化帶來的充實感與強零帶來的愉悅構成了連續技……嗯好爽喔喔喔喔！

如此一來，每次繳房租時我就不用為逐漸減少的存摺數字冒出冷汗，也買得起其他直播主在玩的遊戲了。

啊，這種像是穿透了心靈圍籬的解放感……總覺得有股暖意湧現上來了呢。

「嗚、嗚嗚……我真的好幸福……」

：啥？

：哭了？這女人居然喝強零喝到哭了？

：咦咦咦？（困惑）

：我原本想說如魚得水，結果居然自己產起水來了笑死。

：淡雪要壞掉了。

：小淡要變成小咻瓦了啦！

「不是啦。因為我活到現在還沒這麼開心過呢！我在唸書的時候不會打扮，也不怎麼引人注意；出了社會後，則是人格被黑心公司摧毀殆盡。一想到一無是處的自己能被這麼多人愛著，眼淚當然會流出來嘛！」

：我哭了。

：活下去，因為妳很有趣。　￥20000

：就我個人來說，丟超留的時候與其一直裝客氣，能像這樣坦率地表現開心的對象更讓我高興。　￥5000

：說得好。

：¥155

：還請過得更幸福一點。

「嗚嗚嗚，謝謝大家！我下次會買一大堆強零回來的！」

：咦？

：這樣不太妙喔！

：看來還是別丟超留比較好呢！

：為了健康只好收手了。

：

：

：

：原本一瀉千里的超留就這樣沒了笑死。

「不不不我亂說的！我是亂說的！我之後也會安排一週兩天的養肝日，而且會留意別喝過量的！」

：草。　¥400

：大概是醉意上來了吧，腦袋開始變得咻瓦咻瓦了www

：真的是把人性表露無遺呢超喜歡。　¥1000

「呼、呼！好了，第一罐差不多也喝完了，接著來公開新的全身圖吧！而在這之後會邊回覆蜂蜜蛋糕邊待突（註：直播用語「等待突擊通話」的簡稱，指在不知情的前提下等待他人聯繫通話。亦有開台者主動打給其他人的「反向突擊」）喔！那麼，在開第二罐500毫升罐裝酒的同時換上新全身圖的啦——！」

伴隨著強零響亮的「噗咻」聲傳開，我的全身圖旋即也換上了罩著鬆垮I♡T恤和一條短褲的模樣。

：噗咻！

：500毫升罐裝酒因為價格超過200圓，這下就可以加上留言了呢。　¥211

：真的耶！　¥211

：是說這張全身圖www

：這肯定是小咻瓦，不會有錯。

：這已經超越草原了，是山獸神的森林啊。

：如果頂著這身打扮的不是喜好百合的女人而是個腐女，大家肯定會說成腐海吧。　¥251

〈彩真白〉：是咱的渾身力作。

：是真白白！

「真白白——！謝謝妳幫我畫了新衣！愛妳喔！」

〈彩真白〉：咱也是喔。恭喜妳通過收益化，之後會突擊妳的。　¥10000

：好尊貴。

：大駕光臨了呢。

：真的好喜歡這兩個人的配對。

：配對名稱就決定是咻瓦咻瓦真白真白了！

：草。

：是某間黃色拉麵店嗎（註：指日本的連鎖拉麵店「來來亭」。「真白真白」的發音與點單時的「加多」相同）？

「居然還丟了紅超留（註：日幣一萬圓以上的超級留言）給我……真是的！在妳突擊過來之前，我都會全裸等待的！」

〈彩真白〉：別把咱好不容易畫好的衣服脫了。

：www

：真是天生一對www

：草。

「那麼，差不多就該邊回覆蜂蜜蛋糕邊等待突擊的啦——！」

@如果強零撞上了萬分之一——或者說億分之一的機率停產，妳會改喝哪種酒呢？@

「我自己釀。」

：喂ww

：這不是釀造私酒嗎！

：犯法笑死。

「我會腳踏實地地開設公司取得執照的。」

：好沉重的愛w

：即刻支援。　￥5000

：感覺腦袋裡的強零會傳授她釀造方法。

@壺婆：「妳現在感覺怎樣？」@

「混帳壺喔喔喔喔喔！去死死死死死！」

：草。

：感受到打從內心發出的恨意笑死。

：等待妳下次的挑戰！

@強零：「話說回來，看看我的500毫升罐裝酒吧。妳覺得這玩意兒怎麼樣？」真的是……

非常雄偉呢……@

「嗚呵！真是好強零……」

：嗚呵！（清秀）

：玩什麼哏都接得住的女人。

：強零也有好和不好之分嗎？（困惑）

：反正強零根本就是寵物嘛。

：啥？

@請用三十字以上、五十字以下的短文寫出強零的優點。如此一來，應該就會有強零降臨到妳身邊吧。@

「強零強零啊，超喜歡喜歡上了，好愛強零喔。」

：連三十字都沒有啊！

：徘句（註：由五、七、五共十七個音組成的日本短詩格式）**喔www**

：喜歡「好愛強零」的語感。

：大草原。

@您有視為目標的直播主嗎？@

「唔嗯——雖然有點苦惱，但最先浮現出來的答案應該是晴前輩吧。我想像她一樣，成為身先士卒地引領許多人的存在呢。」

：果然是晴晴呢！

：王道之路。

：我喜歡她在三期生加入之前被安上的「集合了二期生全部優點和缺點的女人」這個渾號。

：要是和小咻瓦合作肯定會變成經典。

@迄今都沒展露過真正的自己，會不會很辛苦？@

「嗯——有點難說呢。過去我在直播之前會努力收斂心神，現在回想起來，當時我說不定真的有點在硬撐呢。」

@最愛的事物如果出現在眼前，就算醜態畢露，能夠
喜孜孜地全力享受的態度，以人類來說才算是正確的。
愛上強零無所謂，但別喝得太凶導致被刪帳號喔。
強烈地更換形象的小淡雪也深得我心！
零酒精的情況下要表現出真正的自我，對妳而言或許依然膽怯。
了無牽掛地展露真實那一面的日子終究還是會到來——我衷心期盼著。@

「謝謝你——！不過呢，我最近慢慢能夠接受那個真正的我了。我雖然沒打算捨棄淡雪的清秀形象，但已經變得能將另一面視為自己的新武器了！這肯定也是託了前來捧場的各位的福

呢！」

：真是段佳話……　￥30000

：畢竟現在已經成了Live-ON裡首屈一指的人氣直播主了呢。

：個性強烈卻又不惹人厭——Live-ON徵人的眼光真的很優秀呢。

：能獲得回報真是太好了。　￥3000

：提示，從第一個字橫著讀。

「喔？等等，有人突擊過來了！」

我興奮地確認起通訊視窗。

第一個跑來突擊我的直播主是……小光！

「好光光！祭典的光芒招來人群！我是祭屋光——喔！小咻瓦，恭喜妳通過收益化！」

「謝謝妳——！」

：好光光！

：三期生的良心來了

：良心……？（把玩遊戲超過十小時當成家常便飯）

：沒問題嗎？這女人可是自稱小光的媽媽，還說要拿她來擼喔。　￥1000

：？？？這是怎麼回事？（第一次來）

：讓人傷心的是，完全就是如字面意義所示呢……

：以一副理所當然的口吻喊人小咻瓦笑死。　￥600

「難以置信的觀看人數……小咻瓦真的成了當紅巨星耶。嘻嘻，總覺得感觸良多呢！儘管說這些話可能有點奇怪，但這就像是媽媽看著每天都在默默努力的女兒，終於盼到她出人頭地的心情呢！」

「全是拜一直有察覺到我的努力的小光之賜喔！」

「哎呀哎呀——！嘻嘻，感覺有點想哭了呢。」

「明明還在直播卻覺得有點害臊呢！還有，我好想當小光的媽媽喔嗚嘿嘿嘿嘿！」

：啥？

：最後因為某個咻瓦咻瓦的腦袋，讓人說不出貼貼兩字笑死。

：懺悔吧。

：還請回吧。　￥1919

：沒錯沒錯（幫腔）。　￥810

：明明是直播主角卻被眾人嫌棄成這樣www

「話、話又說回來，小光！我接下來也買得起遊戲了，下次一起來玩吧！」

「喔，好耶！啊，我下次打算用跳〇機踏板玩黑〇靈魂，我們一起連線來玩吧！」

「……還、還有沒有其他選項？妳想想呀！要用專用遙控器玩還滿麻煩的呢！」

「唔嗯——不然蒙眼玩繪畫○村如何？」

「為什麼都是些苦行般的選擇？說起來若是看不見，哪還有辦法玩繪畫之村呀！」

「要鍛鍊妳的心眼呀！」

「什麼心眼啊……鍛鍊這個能幹嘛？」

「學會心眼的話不是很帥氣嗎！」

「我想也是。這很符合小光的作風呢……」

：草。

：一如往常的小光ww

：這是超級受虐狂的思路啊。

：小光喜歡那種虐待玩家的遊戲嘛。

：從沒被徹底牽著鼻子走這點來看，小淡的人格似乎一息尚存。

「抱、抱歉抱歉！我因為太過亢奮，完全憑著自己喜好在挑遊戲了！唔嗯——既然如此，小咻瓦有什麼想玩的嗎？」

「唔嗯——我的話……應該想玩色情遊戲吧。」

「瑟琴遊戲？那是什麼遊戲啊？」

「是能炒熱氣氛的遊戲喔……就各方面來說。」

：花惹發？

：這是在開黃腔啊！

：我撤回前言，這傢伙是小咻瓦沒錯。

：瑟琴遊戲笑死。

：無法避免的大草原。

：小光快逃！

「我想玩橘子軟體的色情遊戲呢——」

「啊，橘子軟體的話我有聽說過喔。」

「咦……是從哪裡聽來的？」

「是在剪輯影片裡看到的。聖大人之前直播時操作失誤，不小心打開了遊戲，然後那個遊戲馬上就迸出了『橘子軟體』的品牌識別音呢！」

「那個變態認真百合女在直播的時候搞什麼飛機啊？」

：喂www

：怎麼看都不是該對前輩安上的渾號笑死。

：今天「輪不到妳說」的討論串是開在這裡來著？

：是在自我介紹嗎？

〈宇月聖〉：超虐待屬性的小咻瓦也好喜翻。

：本人來了笑死。

：居然很開心嗎？（困惑）

：這些傢伙沒救了，得快點想個辦法才行。

：這兩人的交情真的變得很好呢。

由於時間有限，雖然感到遺憾，但小光的突擊通話就到此為止了。

在這之後，原本出現在聊天室的聖大人也對我發起了突擊——

「淡雪，要不要一起玩魔宴呀？」

「居然要開色〇遊戲合作直播，笑死。不過我可以啦。啊，順帶一提，我想試試突擊通話時的固定話題，所以來發問嘍。妳現在穿的內褲是什麼顏色的？」

「我沒穿喔。」

「妳打算在收益化紀念直播上剝奪我的收益化權限嗎？」

「好奇怪喔，我只是在回答問題，怎麼就有人生氣了呢？」

真白白也實現了剛才的承諾與我通話——

「咱覺得新全身圖的亮點，在於帶有走光氣息的鬆垮垮T恤，以及與相得益彰的短褲構成『看起來沒穿』的大腿吧。」

「真是張塞滿了邪念的全身圖呢——」

「妳這是在稱讚咱嗎？但確實如此就是了。」

甚至連詩音前輩都過來捧場——

「啊，詩音前輩。」

「嗯，怎麼了？」

@小咪瓦，妳難道不想把強零裝進奶瓶，然後讓詩音媽咪餵奶嗎？@

「類似這樣的要求很多耶，請問您怎麼看？」

「我不懂那是什麼意思啦！」

〈宇月聖〉：踢翻椅子起身！　¥50000

「欸！聖大人妳是怎麼回事啦？」

「這下沒有退路了呢，詩音前輩……」

「咦？真的嗎？這是真的要做的氛圍嗎？」

「面對這場大浪，只能趁勢搭上了！」

「要搭上浪頭的只有妳們兩個啦！我是隨波逐流的那一方！唉，如果妳說什麼都想試的話就做吧！」

「可以嗎？（困惑）」

竟然有這麼多直播主過來捧場，Live-ON真的好窩心啊……

哦，又有人來嘍！

「呵呵，晚安，將大家帶往至高治癒豬地……之地的柳瀨恰咪姊姊來嘍。」

「好的！同期的小恰咪也來捧場了！這下子同期就全數到場了呢！」

：舌頭打結了。

：和平常一樣所以不會在意啦。

：聲音在發抖喔。

：還請只讓胸部顫抖吧。

：小恰咪外表和內在的反差與小咻瓦差不多呢。

：明明有著這麼性感的外表，恰咪大人卻總是怯生生地生著悶氣呢。

：是說為什麼不早點來啊！這傢伙現在的腦袋已經裝滿咻瓦咻瓦的快樂兒童餐啦！

￥5000

「呵呵呵，我其實一開始就在看直播了，但因為苦惱著該挑哪個時間才不會和其他人撞車，也在煩惱該講什麼話題，於是到了這個時間才打進來嘛。」

：不擅長對話的人常有的事——過於顧慮其他人而錯失良機。

：深得我心。

：外表是大人，頭腦是我們。

：單、單人直播的時候還是個性感大姊姊啦！

「順帶一提，因為我現在過於緊張，所以準備好的對話牌組全都忘光了。」

：是中了死之牌組破壞病毒（註：《遊戲王》的陷阱卡）**嗎？　￥10000**

：草。

：超喜歡廢柴大姊姊。

「欸，小恰咪。」

「嗯？有、有什麼事呢？」

「要不要和我結婚？」

「什麼啊啊啊啊啊？」

：一如往常。

：開場求婚，真是傑出的一手。

：哪有傑出？要是對方不賞臉可是會走上人生絕路，是高風險的一手。

：這不是噴灑數位精〇（註：指在網路上用文字性騷擾女性的行為），而是在噴灑數位強零！

：居然能從體內產生強零嗎？（困惑）

：畢竟小咻瓦產生的液體應該全部都是強零吧。

：一語驚……驚……不醒夢中人。

「老實說，我最近每天都是聽著小恰咪的asmr入睡的呢。」

「啊、嗯，謝謝妳。」

「所以呀，我已經變成了沒有小恰咪就睡不著的身體了。如果沒有小恰咪，我甚至活不下去呢。」

「呃、咦？」

：草。

：沒有就活不下去的是強零才對吧。

：不，應該兩者皆是。

：沒有酒和女人就活不下去的女人，淡雪。

：罪孽深重笑死。

「所以說呀，我覺得小恰咪應該要負起讓我變成這種身體的責任才對。」

「是、是這樣嗎？」

「就是這樣！」

：沒錯沒錯（幫腔）。　¥810

：感覺快被說動了笑死。

：好騙性感廢柴怕生大姊姊。

：屬性好多好暴力，是煌黑龍（註：電玩「魔物獵人」的魔物，以其素材製作而出的武器具備極高屬性值）**來著？**

：給我等等！照這種說法，那妳也得負起和我們結婚的責任！

：沒錯沒錯（幫腔）！

：沒錯沒錯（幫腔）！　¥30000

：大家前仆後繼地幫腔笑死。

「妳會……負起責任吧！」

「我、我知道啦！我會和沒有我就活不下去的大家結婚的！」

「大功告成！」

如此這般，在小恰咪變成大家的老婆之後，與她的通話便結束了。

順帶一提，小恰咪往後的代名詞變成「大家的老婆」，而她為此害羞得要命，真是讓人欲罷不能。

哦，又有人來突擊了！糟糕！照這種趨勢來看，說不定所有人都會跑來突擊喔！

「呀呵——！大家內心的太陽，朝霧晴高高升起嘍！」

「？？」

有一瞬間，我流逝的時間完全靜止了下來——

首見日出

「呃、咦、欸、晴…………啊，原來是這麼回事啊！哇——好開心——太棒了——」

：重頭戲來啦——（゜∀゜）——

：晴晴！

：Live-ON的萬惡淵藪！

：會走路的次文化。

：為什麼最後一副像是在唸稿子的語氣www

：奇怪？她剛剛才說過很尊敬晴晴，我還以為既然本人都到了，她會表現得更為失控呢。

：不！等等！這傢伙有可能是貓魔喔！

：啊，原來如此（笑）。

沒錯！儘管起初有些慌張，但之所以會對憧憬萬分的晴前輩擺出這麼冷淡的態度，是因為我察覺了真相——跑來突擊的這人，其實是正在模仿晴前輩的貓魔前輩！

貓魔前輩很會模仿其他人的聲音，也經常在直播的時候展露幾手呢。

哎呀，貓魔前輩應該也是以會被揭穿的前提跑來鬧場，但模仿的水準真的很高耶……已經到了怎麼聽都是本人的地步了！

……我有個好點子！就來問些難以回答的問題捉弄貓魔前輩一番吧！

那麼，首先從老問題開始嘍♪

「晴前輩，我喜歡您喜歡到會把所有的直播存檔通通看過一遍的地步！可以和我結婚嗎？」

「可以喔——！」

「欸？」

居然同意了！咦？這樣沒問題嗎？貓魔前輩晚點會不會惹晴前輩生氣啊？

「……那、那下次能不能一起辦唱歌合作台呢？」

「唱歌合作！很棒耶！老實說我也一直想和咻瓦卿一起唱歌呢！」

「喔，那下次要一起唱『日本的朋友～我們來自內華達州～（註：日本音樂團體「矢島美容室」的歌曲）』嗎？」

這、這下看妳怎麼接招！

「好喔！這肯定能把氣氛炒翻天呢！那下一首就接著唱『咱要去東京（註：日本歌手吉幾三的歌曲）』吧！」

奇怪～？完全沒有造成傷害耶？

「………要一起來吃蝗蟲嗎？」

「好喔！就藉此把蟲子也可以吃的事實公諸於世吧！只吃一種也太單調了，不妨加上幼蟲、杜比亞蟑螂和狼蛛吧！」

「咿咿？」

：進入無敵模式笑死。

：咻瓦卿wwww根本是超人力〇王（註：「咻瓦卿」音近日版超人力霸王的吆喝聲）**了嘛wwww**

：貓魔……她生前是個好傢伙啊……

：這下貓魔要被晴晴餵食蟲子了吧。

：嗯嗯？這是貓魔……嗯嗯嗯？

「那、那麼最後一題，請問您現在穿的內褲是什麼顏色呢？」

「是黑色的性感內褲喔。」

「嗚喔喔喔喔？」

如此這般，假扮晴前輩的貓魔前輩就這樣把我玩弄在股掌之間，於此結束了突擊。

是說貓魔前輩這樣沒問題嗎？方才明顯超越了模仿他人時應該遵守的底線吧？這是我最為擔心的事。

「……奇怪？」

不知為何，貓魔前輩又跑來突擊我了？

「喵喵——！我聞到強零的味道所以跑來了喔！我是晝寢貓魔！」

「咦？那個，您這是第二次來了吧？」

「嗯？喔，剛剛那個是在我旁邊的晴前輩喔。」

「……嗄？」

「剛剛的是晴前輩喔。」

「……」

「是本人喔。」

我感覺血液從我的全身上下抽退而去。

咦？難道我對最為尊敬的晴前輩問了一堆不該問的問題？

不只是求婚，還要求進行怪（名）曲的合唱，甚或吃蟲以及問了內褲的顏色……

「晴前輩是這麼說的：『既然是難得的收益化，我就要卯足全力給她一點驚喜！』她本人可是相當努力呢。」

「不要啊啊啊啊啊啊啊！」

「真是有夠草呢。」

期盼已久的收益化紀念直播，姑且算是在Live-ON旗下直播主們的捧場下劃下了完美的句點！

閒話　真白白某天的直播台

「大家真白好——咱是暱稱真白白的彩真白喔。」

：真白好——！

：活著就是為了看這台。

：啊好棒的聲音喔～

：這偏中性又柔軟的嗓音確實是聽過一次就會揮之不去。

在我打招呼的同時，聊天室的刷新速度也與之遽增，甚至沒辦法看清楚大家的留言。

雖然已經是不知第幾次的直播，然而每次感受到有許許多多的人對自己抱持興趣的這一瞬間，總會讓我雀躍不已。

呵呵，好懷念啊。我在第一次直播時緊張得七上八下，直到開播之前都還在和同期的小淡通話聊天，好不容易才平靜下來呢。

「今天預計會將上次直播畫到一半的小淡完成喔——」

：噗咻！

：糟糕是那張畫到一半的時候就讓大家明白充斥了愛情的畫作！

：那描繪的水準的確能讓人感受到並不是接錢辦事的態度啊。

：因為是媽咪啊。

：被同期當媽咪的女人。

：渾號又要增加了ww

：超喜歡V圈特有的勁爆詞彙。

「呵呵，只要是咱親筆畫的作品，不管內容為何，都會注入咱最大限度的愛情喔。咱覺得這是專家該有的態度呢。」

：插畫家的楷模。

：最大限度的愛（主要指胸部、大腿和胯下）。

：插畫家的楷模（再次體認）。

「咱只是遵循著自己身為人類的感性罷了。首先從大腿開始畫吧。還有，關於剛剛提到的事……咱是不否認自己對小淡懷抱特別的情感啦。」

：喔？

：要貼貼了嗎？

：要大駕光臨了嗎？

「身為化身設計者的緣分固然是其中之一，但她同時也是咱首次有交流的直播主呢。對了，小淡平常就曾和咱說：『妳要講哪些事都沒關係。』所以稍微來提點往事吧。」

我回想起那段還不習慣VTuber生活的日子。

「好懷念啊，當時的小淡還有些缺乏自信呢。」

：的確。

：我一開始還以為她是最有常識的那一個。

：現在已經很有自信了呢……應該說更像是拋棄羞恥心就是了www

：沒人料想得到她會變成小咻瓦啊……

「的確呢。不過啊，咱認為無論小淡還是小咻瓦，她們對VTuber的愛情都絲毫未變喔。明明鬧了那麼多事，卻不僅沒有招人厭惡，還不禁讓人想為她加油打氣。咱認為之所以會有這樣的良性回饋，想必是因為小淡對於VTuber展露的誠摯之愛，真的有讓大家感受到。」

：原來如此。

：之前收益化的時候甚至痛哭失聲呢，她也是賭上人生在做這一行的吧。

：無論喝了再多酒，她都很喜歡自己以外的其他直播主呢。

：純以直播主的知識量來說，她可是Live-ON的萬事通呢。

：況且只要是和觀眾約定過的事，她一定會乖乖照辦，這點也超喜歡。

要向觀眾坦白多少還是會害臊，所以這部分就沒講出來了——其實咱有時也會灰心喪志，而這種時候會專心聽我傾吐心事的，也只有小淡而已。

為了讓咱振作起來，小淡甚至會一一列舉咱的優點，讓咱聽得都面紅耳赤了呢……

「總之，咱因為一直把她的身影看在眼裡，忍不住會想幫她打氣呢。首次看到咱畫的化身圖時她也是喜極而泣，對畫師來說沒有比這更讓人開心的事了。」

：超喜歡炫耀女兒的媽咪。

：看來真白白也已經拜倒在小淡的石榴裙底下了。

：打算將Live-ON的成員全部娶回家的女人。

：冷嬌真白白真讓人欲罷不能。

「總之呢，咱想說的是——無論小咻瓦還是小淡，咱都非常喜歡呢。看到她現在開開心心地直播的模樣，總會讓人心頭一暖。不過只要她一喝酒，基本上就會變成小咻瓦上身的狀態而瘋話連連，那時咱就會有些退避三舍了。」

：草。

：大駕光臨了～

：如果沒有最後那一句，我差點就要貼貼份過剩而掛掉了。

：大家都來愛上咻瓦咻瓦真白真白吧！就是這樣！

：是說嘴上明明聊著這些事，卻仍以驚人的品質和速度描繪著大腿部位呢。

「大腿坐在椅子上向兩側擠開的模樣和過膝襪咬住大腿肉的感覺真是讓人欲罷不能呀。」

：Live-ON今天也是正常運行呢。

在收益化直播後又過了幾天，由於我現在的心態比較行有餘力，直播時也能發自內心感到開心了。

好啦，今天是養肝日，所以要在不喝酒的狀態下加油呢！——就在我振奮起來之際，玄關的門鈴響了起來。

真難得，我居然也會有客人啊——抱持著這種悲傷的感想打開大門後，只見某黑貓物流公司的快遞員站在門口。看來是來送貨的，而且貨物的體積相當大。

儘管完全想不到內容物為何，但既然都收下貨物了，我便著手拆封。我沒聽說自己的住址有遭到外洩，所以應該不會是什麼奇怪的東西吧……

「奇怪？這該不會是……」

紙箱裡面裝的雖然是出乎意料的東西，但同時也是我相當感興趣的物品……對啦，今天的直播就來嘗試這玩意兒吧！

「——各位晚安，今晚也是飄著美麗淡雪的好日子。」

：晚安——

：喔，今天是清秀模式嗎？

：看起來沒喝酒的樣子。

：等很久了。　¥211

：這是在響應開場求婚牌組的需求——要不要和我結婚呢？　¥50000

「欸啊？謝、謝謝您的紅色超留！可是我有很多老婆了，真的可以結婚嗎？」

：草。

：別因為被出其不意就講些沒頭沒腦的話www

：清秀（多妻）。

「咳、咳咳！好了，今天是非常非常『清秀』的淡雪。回覆蜂蜜蛋糕之後，我打算嘗試名為『長生棒』（註：典出任天堂Switch的「健身環大冒險」）的瘦身機器進行運動。在直播上運動還真是嶄新的體驗呢！」

：喜歡的直播主看起來很開心，真是讚啊。　￥2000

：還請成為世界第一幸福的人吧。

：是指那個棒狀的玩意兒？

「沒錯沒錯，似乎是最近常常登上廣告的有名產品呢。Live-ON公司好像為了改善旗下直播主缺乏運動的現況，決定一人配發一組喔。」

我試著握住長生棒。這根棒子長約一公尺，中間部分有著小小的螢幕。棒子的材質看似相當柔韌，不像是會輕易斷折的樣子。

順帶一提我調查了一下，發現以我的財力而言，這項器材的價格算得上相當高昂。能免費獲得這樣的東西，足見Live-ON出手之大方。

上頭甚至還附了一張寫著「歡迎用來直播！」的便條呢。對於每天都在煩惱直播內容的直播主來說，這實在是相當貼心的舉動。

：自然地感到很羨慕。

：俺雖然也有買，但這玩意兒可是做得很認真喔。還能調整自己運動習慣的強度一類的條件。

：我懂。不只是我這種鍛鍊成癮者而已，也適合推薦給門外漢。

：聽說有人要挑戰最高強度。　￥1000

「啊，看來有許多觀眾都擁有長生棒呢。記得剛上市時好像也掀起了一陣風潮，果然很受歡迎呢。還有，無論發生什麼事，我都不會挑戰最高強度的。」

：以鋼鐵般的意志拒絕笑死。

：我看見總有一天會挑戰的未來了。

：哎不過就算用輕鬆的心態去玩，長生棒也是滿吃力的，應該能看到精彩鏡頭吧！

：常見的情況——太小看長生棒結果隔天動彈不得。

〈祭屋光〉：欸欸小淡雪！小光也收到那個了，我可以在直播上玩嗎？

「啊，小光！當然可以了！我之後會去看存檔的！」

：真的假的！

：欸？詩音媽咪好像有說今天要運動來著？

：真假？以時間點來說應該是同樣的企畫吧。

：很好，準備進行多重收聽。

：拿這些直播來比較的話感覺會生草到死。

「咦？是這樣嗎？總覺得有幾位留言的內容讓人有些不安。總、總之先來回覆蜂蜜蛋糕吧！」

@小咻瓦會做菜嗎？大概到什麼層級？@

「因為過著窮困的生活所以還挺會自炊的喔！哼哼！」

：感覺會拿強零當調味料。

：鹽巴、胡椒、強零的感覺。

：有點意外。

：得意洋洋的語氣好可愛。

：這就是反差萌嗎？

「反、反差？那是什麼意思啊？順帶一提，如果在製作肉類料理時加入強零，就能讓肉吃起來更為柔軟喔。」

：最後還是會回答聊天室的態度真的超喜歡。

：強零和肉是天作之合。

：感覺會露出一副「我比較想直接喝掉」的表情加下去。

：有點可愛笑死。

「好，接著是下一則！」

＠請和我結婚。

啊，可是酗酒的話還是有點……

對不起……＠

「啊，那我完全沒問題嘛。」

：啥？

：啥？

：啥？

「下、下一則！」

@（、ω）（遞）強零@

「……啊，既然有人贈送的話我就收下嘍！」

：一瞬間就產生矛盾笑死。

：清秀敗給慾望了笑。

@以為是蜂蜜蛋糕嗎？真可惜！我是牡蠣喔！@

「牡蠣正在嘟嚕嚕！」

@我看了小咪瓦的直播後，首度試著挑戰了強零（五百毫升）。

但分量實在是太多了，我最後只喝掉了半罐。

沒辦法喝強零喝個過癮，讓我陷入了燃燒不全的心境。請問該怎麼辦才好？@

「哎呀哎呀，可不能勉強自己喝完喔！順帶一問，請問您家的住址為何呢？」

：喂！www

……一副要去接收的樣子笑死。

……微乎其微地存在著為了間接接吻而設下的苦肉計的可能性。

……我去買罐五千毫升的強零回來。

……太多了笑死。

「很好！那麼先回覆到這裡。接著就來開玩長生棒吧！」

老實說，這是我睽違已久的運動時間，所以有些期待呢。

「好啦，一開始似乎要進行各種設定呢。」

我操作著螢幕，隨即跳出要輸入各種資料的頁面。看來這個機器具備物聯網功能，只要在這裡輸入各種資訊，就會構築合適的運動菜單。

順帶一提，長生棒上頭的螢幕畫面可以投映到電腦上頭，所以觀眾們也能清楚地看見螢幕內容。

我輸入了性別等資訊後……

『和同齡人相比，您平常的運動頻率為何？』

1經常運動

2偶爾運動

3不常運動

4完全不運動

「嘶……」

原來如此。

：呼吸聲笑死。

：4。

：是4吧。

：畢竟自稱尼特族嘛（笑）。

：要是流汗酒精就會蒸發掉啊，這是在保障品質，大家要多體諒一點。

：已經搞不懂是人類還是強零了。

「各、各位在說什麼呢？我可是水嫩嫩的喔？哎，為了維持這姣好的身材，我每天都在運動呢。由此可見選2應當比較恰當吧。」

：啥？

：不是水嫩嫩，是咻瓦咻瓦吧。

：如果抱持著說謊心態選2會很不妙的！

：這裡還是老實一點比較好。

「咦？是這樣嗎？」

：要是稍後想見識地獄請儘管選2。

：太小看長生棒的話會要命的。

：請給我最好的（希望選1）。

「對不起我說謊了，是4。請讓我用4開玩吧。順帶一提我真的不胖。」

：好喔wwww

：願意坦白真了不起。　¥10000

：居然不擅長運動？這下可以期待敏感內容了。

：順帶一提，小光明明說運動量和一般人差不多，卻毫不猶豫選了1。

：果然不會辜負我們的期待。

「呃，接下來……」

『您想要何種強度的健身內容呢？』

1激烈

2紮實

3普普通通

4輕鬆

「……該怎麼辦？」

：居然認真煩惱了起來w

：這個之後還能改啦。

：順帶一提小光她……（以下省略）

「咦，真的嗎？那就選3『普普通通』吧。」

『請告訴我您的體重。』

1立刻輸入

2稍後輸入

「嘶————……」

對喔，還有這麼一個項目。

：認真的呼吸聲。

：興奮期待。

：來，請輸入吧！　￥2000

：光是設定就很有趣的女人。

「呃！」

喀噠！喀噠！喀噠喀噠！

「是四十九公斤呢！」

：嗯？（笑）

：剛剛操作電腦的聲響是怎麼回事？（笑）

：您就別說笑了。

：這算很輕嗎？

：我記得她的設定是一百六十五公分的高挑身材，所以就想成相當輕盈吧。

：喂！身高一百六十五公分搭配體重四十九公斤，不就是模特兒的標準體重嗎！

：草。

：如果是小咻瓦已經去量強零的重量了。

：大草原。

「啊哈哈，開玩笑的啦！體重我稍後再輸入。」

：是在準備名為體重暴露的傳統表演嗎？

：感覺會暴露體重的直播主排行榜冠軍。

：順帶一提，某位一期生想輸入太陽的重量（一．九八九乘以十的三十次方），結果被判定為輸入無效的樣子。

：這到底算是聰明還是傻瓜呢……

呃，接下來是……

『接下來請將本體調整成符合您力道的狀態。』

喔，總算進入像是在玩長生棒的環節了！

看來是以上限為一百的數值進行檢測，然後根據測出的數值調整本體硬度，並藉由彎曲棒子進行運動的樣子。

『還請用全力進行凹折。』

「我要上了！哼！」

『50。』

「喔，這樣的數字怎麼樣呢？」

：請別炫耀這種垃圾嘍囉般的力道www

：嗯，懂了。

：沒事嗎？要不要喝強零？

「啥？你各位給我看好了。歐啦！」

『63。』

：喔，增加了耶！

：聲音有點……

：挑釁抗性為零。

：捨棄清秀而獲得力量的女人。

：好帥（停止思考）。

總、總覺得光是設定就有夠累人。但這下總算能正式開玩遊戲內容了……

：好啦，來比較每個人的直播吧！

：俺也去。

我看了看聊天室，發現有不少觀眾都要多開直播進行比較的樣子。很好，為了不在運動能力和直播內容上輸給其他兩位，我要努力加油了！

『請維持住彎折的姿勢』

【神成詩音的情況】

「哼！嗚嗚、哈、哈啊、這、這個滿硬的耶……」

：色！

：幫大忙了。　¥30000

：吐息充斥著敏感內容。

：夜晚的運動。

：要是不看畫面完全就像是在開黃腔w

【祭屋光的情況（最高強度）】

「咕啊！呵呵，這可挺難受的，是一堵以我現在的實力難以攻克的高牆呢。但擊破這面牆壁才算是我的作風！破壞才是人生！人生就是得傻呼呼地過下去——我沒說錯吧？」

：這孩子在說什麼鬼話www

：是少年漫畫的情節嗎？

：她到底是在和誰對話呢……

：本人看起來很開心就好！　￥1000

：這堵高牆是妳在設定機器的時候自己砌出來的啊。

：草。

【心音淡雪的情況】

「咦，我是有聽說過啦但這是不是有點吃力？啊、咕嗚嗚嗚嗚、哈啊、哈啊………嘔嗚！」

：喂（笑）。

：到中間都還色色的說……

：最後的聲音完全是日體大吆喝聲（註：指日本體育大學畢業典禮上的吆喝）。

：真的是隻運動弱雞呢w

：別做到吐喔！我說真的！

『深蹲』

【神成詩音的情況】

「不、不要！我不要深蹲！咦？不做不行？怎麼這樣……嗚嗚……啊！嗚嗚……啊！」

：超級虐待狂欣喜若狂。

：完全是喘息聲，我要擼了。

〈宇月聖〉　¥50000

：啥？性大人？

：在這種狀況下丟無言的超留會引人遐想的快住手www

【祭屋光的情況（最高強度）】

「哈哈哈！不錯喔！戰鬥總是能喚醒人類內心的鬥爭本能啊！」

：為什麼在這種苦行之中還能笑出來啊……

：不行了，這怎麼看都是鋼彈作品裡會出現的戰鬥狂強化人。

：認真玩遊戲的態度超喜歡。

：她太過投入，已經是雙眼充血的狀態了啊。

【心音淡雪的情況】

「吧啊啊啊啊啊啊啊啊！呼噗嗚嗚嗚嗚嗚！呼噗嗚嗚！（超認真）」

：吵死了啊啊啊！

：奇怪？直播怎麼突然沒聲音了？

：是你的耳膜破掉了喔。

：清修……

：啊，修蛋幾壘（東京老街口吻），她只是在大叫而已，應該還好吧？

『棒式』

宇月 聖
¥50,000

【神成詩音的情況】

「啊啊啊啊啊，我不行了！快點！快點結束啦！」

：射了！

：呼……

〈宇月聖〉：好啦，我來思考銀河的起源吧。

：喂www

：賢者模式笑死。

【祭屋光的情況（最高強度）】

「生命是可以隨意拋棄的（註：對戰型電玩「北斗之拳」裡托奇勝利時的台詞「生命並不是能隨意拋棄的」，若迅速跳過語意便會變為「生命是可以隨意拋棄的」）。我要上了。」

：這不妙啊。

：是托奇來了嗎？

：哪嘰（註：對戰型電玩「北斗之拳」裡托奇使出「北斗無想流舞」時的吆喝聲擬音）！

：這個就給你吧，承受不住苦痛的話吞服即可（註：原型出自漫畫《北斗之拳》中，托奇將止痛藥遞給雷伊時所說的台詞）（強零）。

：咦，這是怎樣……（退避三舍）

【心音淡雪的情況】

「喔、喔呵——！嗯嘰！啊啊啊！嗚、嗚、啊、啊唏！」

：啊——已經變得亂七八糟的了

：這就是傳說中的水之呼吸嗎？

：是零之呼吸吧。

：這是擼作嗎？

：小淡雪的崩壞根本正常發揮笑死。

「哈、呼、快累死了……」

在那之後，我因為耗盡了力氣而結束直播，眼下卻仍汗流浹背，氣喘個不停。

運動的強度遠超乎我一開始的想像，雖然很想罵說「為什麼要設計得這麼吃力啦」，但以健身器具來說，這樣的設計才算是正確的吧。況且偶爾這樣流點汗，感覺也是挺不錯的。

大家也要偶爾愛上運動喔！

順帶一提，隔天早上的我隨即因為肌肉痠痛而下不了床。

動車直播

某天下午，我來到了ＧＡＯ電玩小賣店，混在雙眼閃閃發亮的孩童們之中眺望著遊戲軟體。

我來這裡自然是為了購買遊戲，而且購入的預算也和之前的壺婆大不相同。

通過收益化後，我的生活總算多了些餘力，於是動起購買價格略高的遊戲進行直播的念頭，才會走出家門來到了ＧＡＯ。

「歡迎光臨！」

話又說回來，我是真的很久沒踏入電玩小賣店了呢。以前也曾想過要購買新出的遊戲，卻受限於預算不夠或是過於忙碌的理由，就這麼在不知不覺間變得陌生許多。

光是在店裡閒晃，便喚起了我心底的童心，以雀躍的心情物色著。雖說抱持走馬看花的心態選購也不錯，但我早已決定好今天要購入的遊戲了。

我伸手拿起要買的遊戲，以輕快的步伐走向櫃台——

「噗咻！咕嘟咕嘟咕嘟！嗚喔喔喔喔爽啦！我是加滿燃料的小咻瓦的啦——！」

「好的，咱是暱稱真白的彩真白。今天打算和小咻瓦一起玩動物賽車喔。」

動物賽車——俗稱動車，乃是歷久彌新地持續推出系列作的世界級賽車遊戲。而我們這次遊玩的正式名稱，便是動物賽車８ＳＥ。

遊戲內容則是操縱有著各式可愛動物外觀的角色，善用道具等機制，在十二人構成的賽事之中競爭名次。

好懷念啊，還記得我以前也常去朋友家玩較為古早的版本呢。

：噗咻！　￥２１１

：我還是頭一次見到第一句話就能生這麼多草的傢伙www　￥２１１

：這都發出了……什麼聲音啊？

：嚇死我了，我還真的以為是車子的引擎發動聲。

：像是要震撼大地的重低音笑死。

：要在賽事中獲勝的祕訣，就是讓小咻瓦自己化為車子。

：補給燃料（強零）。

：我聽說有個長時間不能讓腹肌破裂的直播台就來了。

：來了來了。

：終於開玩知名大作了。就連我這種大叔在小時候也是和朋友玩得超起勁。

：我因為沒朋友所以到現在都還是一個人玩。

：把眼淚擦掉吧。

「等回覆完蜂蜜蛋糕就會狂飆一番的，大家多多指教！」

「都刻意宣告要飆車了，看來是明知故犯呢。順帶一提，小咻瓦有駕照嗎？」

「沒有喔！」

「儘管是遊戲，但竟然打算無照酒後駕車，這在直播結束後究竟會扛上多少罪責呢？」

「細數我的罪惡吧。」

：居然叫別人來數自己的罪惡嗎……（困惑）

：如果去看之前的直播，大概每幾秒就得加上一筆吧。

：真不愧是小咻瓦！我們辦不到的事她輕輕鬆鬆就辦到了！

：雖然很令人尊敬，但不會讓人崇拜！　¥1000

：草。

「雖說理所當然，但在現實開車時可千萬不能這麼做！一言為定喔！」

「畢竟規矩不允許的就不該做呢。」

：好的——！

：喔，說得也是。

：這是理所當然的吧？

：沒錯沒錯（幫腔）。

：想看的話就秀給妳看吧（駕照）。

「很好，大家都是好孩子！那就來讀蜂蜜蛋糕的啦！」

@如果和強零結婚，會變成強洌淡雪嗎？還是強零那邊會變成心音零呢？@

「會變成強洌吹雪。」

「不只是姓氏，連名字都改了笑死。」

「是說心音零這名字聽起來很帥氣呢！有種威震八方的感覺！」

「請不要停止思考。冷靜想想，所謂的心音零就只是死亡的狀態而已。」

@對什麼有特別喜好？@

「我喜歡女生。」

「這就是全部加多的感覺嗎？」

「因為是真白真白嘛！」

「啥？」

「真是的——聽到這種冷淡的口吻反而會讓人興奮起來吧！會讓我想擼起來呢！」

「喔，居然在執行行動之前忍住了，了不起（死心）。」

「唯有做好覺悟會被擼的人，才有資格擼管。」

「妳只是想講這句話而已吧。是說妳沒做好覺悟嗎？」

「做好了喔！不過……妳真的有辦法拿我來擼嗎——？」

「來下一則！」

：雖然對這邊的觀眾來說已經是習以為常了，但和強零結婚這幾個字是不是太勁爆了一點？

：心音零會讓我想起某遊戲的心靈創傷（註：指鬼抓人類型遊戲「黎明死線」裡的無心跳技能，當鬼接近人類時，人類方不會心跳加速）所以NG。

：超喜歡真白白的施虐聲線。　¥500

：真白白和小咻瓦的斥罵語音檔！決定發售！

：啊～不好意思我是木下，應該可以讓其中一邊靜音吧？

：我的小老弟說「用小咻瓦擼出來的話感覺就輸了，所以別勉強我」。

：像我這樣的高手反而只能用小咻瓦擼出來呢。

：居然對強零成癮的人產生成癮性，我已經搞不懂了。

＠我有事想拜託強零大人。

開罐聲加上「咕嘟、咕嘟、咕嘟！嗯嗯嗯好爽喔喔喔喔！」

我想做重複播放六十分鐘的影片，請問行不行呢？

應該說我已經做好了。

雖然做好之後讓我心滿意足，但肯定會被罵，所以我就不上傳了。

能請您記住這件事嗎？@

「幹得好，多做一點。」

「感覺會是這世上最為悲慘的六十分鐘呢。」

@我看了您玩長生棒的直播了，請問您平常有在運動嗎？還有需要強零解渴嗎？@

「國中的時候有稍微打過排球呢。啊，請給我檸檬口味的。」

「運動時喝強零很不妙耶，感覺會變成嘔吐式健身呢。順帶一提，參加社團的時候有什麼感覺？」

「是個被女生包圍的天堂喔！」

「嗯，咱想問的是妳對排球的感想喔。」

@我是湖中女神。妳掉的是這個【清秀的淡雪】呢？還是【五百毫升強零二十四罐裝】呢？@

「是二十四箱的五百毫升強零二十四罐裝。」

「如果、如果是要表現自己很貪心，至少也說成『兩邊都要』吧！」

「清秀的淡雪已經在小淡身上了所以沒關係！小咻瓦只想要能更加咻瓦咻瓦而已！」

「真是方便的設定啊。」

「對吧！」

「咱不是在稱讚妳。」

：六十分鐘的喝到爽音檔感覺會讓腦袋壞掉……

：感覺會被說成「用來聽的強零」。

：點數全灌在強零上笑死我了。　￥2000

：從國中女生時期就已經沒救了嗎……

：真白白冷淡的吐槽和小咻瓦的胡鬧度恰成對比，實在太有趣了www

「好，蜂蜜蛋糕就回覆到這裡，咱們來玩遊戲吧。接下來會公開線上大會的房號，想一起玩的觀眾們還請不吝參加。」

「討厭啦真白白！居然想找人一起來玩蕾絲邊遊戲，真是太恬不知恥了！」

「請問觀眾裡面有耳鼻喉科的醫生嗎？」

：我是耳鼻喉科醫生，我很想玩蕾絲邊遊戲。　￥3000

：自稱耳鼻喉科醫生的仁兄，在看別人的耳朵之前請先檢查自己的耳朵。

：我會拚老命參加的。

：感覺房間會被擠爆。

：居然說別人恬不羞恥，這不是拐彎在罵自己嗎笑死。

「這次請各位不要放水，進行一場一絲不苟的遊戲吧。」

「討厭啦真白白！居然要女孩子們來一場一絲不『掛』的遊戲。也就是所謂的兩性具有遊戲對吧還請大家一定要共襄──」

「規則是150 CC，道具則是正常設定。」

「居然直接打斷我的話！好不甘心……！可是好有感覺！抽搐抽搐！」

「好的，這個酒精腦袋似乎是個超級受虐狂，所以看到她時請毫不留情地攻擊吧。」

「快縮哩是在縮謊嗄──！」

：今天的氣泡量比往常更多。

：哩真的悲叛惹嗎！

：好啦，這次的直播會被剪成幾部精華集呢？

：記得真白白前陣子有直播過動車，玩得也還可以。不過小咻瓦的實力呢？

：她到最近才買好遊戲的硬體和軟體，應該是菜鳥吧。

「嗨嗨！我確實才剛玩沒多久，不過已經花很多時間預習過賽道和基本操作，所以不要緊的！」

「咱剛剛才問過，這孩子似乎在直播前已經連玩了八個小時。」

：玩太多了啦！

：妳是小光嗎？

〈祭屋光〉：妳總算明白長時間遊玩的美妙之處了呢！

：本人居然在喔笑死。

：一旦聽到長時間或是苦行的話題，就會以貓魔般的速度現身啊www

「哎呀，我是很久沒玩了。但不愧是超級名作，讓我整個人無法自拔呢！」

「咱也不是不能理解啦。那麼，妳打算怎麼選角色和車子呢？」

「我應該會選大象吧，因為那話兒超大一根的。」

「小咻瓦，那根不是生殖器，是鼻子呀。」

「還有就是很色呢。」

「咦？妳是怎麼從這頭大象的外觀感受到情色要素的？」

「妳在說什麼呀真白白？這副長相怎麼看都很猥褻吧？」

「？……算了。咱就選長頸鹿吧。」

「長頸鹿看起來也很色呢。」

「欸，咱是不太清楚啦，不過妳之所以覺得這些動物很色，是因為牠們都全裸嗎？小咻瓦是把動物園想成青〇島一類的地方嗎？」

「妳真是明白人呢！真白白離我又更近了一步！」

「沒有比這更難聽的頭銜了。」

：喂剛剛是不是提到很不得了的詞彙啊？

：青〇島是什麼玩意兒？

：是個以自由和解放為主題的南方國度樂園喔！

：嗚哇——真是個停留在近現代的地方。

：不是夢之國而是性之國。

：是聖大人的國家嗎？

：根本是修羅之國吧。

：草。

：不是看頭部而是看胯下來決定角色笑死。

：感覺她能把這世上的一切和色情連結在一起。

：是國中男生嗎？

：長頸鹿身材好，頭身比高，會覺得很色情也是沒辦法的。

：這頭身比已經和足球小將翼的人物有得比了吧。

：明明還沒開始比賽，真白白就已經狠狠吐槽了好多次笑死。

「很好，來決定賽道吧！會出現什麼呢♪會出現什麼呢♪」

「滑溜溜水道——正如名稱所示，是個地面很滑的賽道呢。」

「我也很喜歡光溜溜又平坦的呢。」

「咱沒問妳。」

「真白白也是光溜溜又平坦的呢。」

「怎麼突然說這種沒禮貌的話。不過咱不否定就是了。」

「放心！貧乳是地位的象徵！是稀有價值！」

「咱一點也不開心喔。」

：我真的很喜歡貧乳。

：我懂。

：我也喜歡真白白。

：我懂。

：好喜歡很在乎自己是貧乳的真白白。

：超懂。　￥50000

：你們喔www

「好的，小劇場就演到這裡。咱們來比賽吧。」

「話又說回來，這地面都黏答答的，感覺像是要我們在這裡玩泡泡浴呢。」

「這會惹遊戲公司生氣的，住口呀。」

伴隨著「登登、登登登、登登登、登登登、登」輕快而廉價的背景音樂，比賽也隨之展開

——這已經是這個系列的慣例了。

「妳說……什麼……我在起跑的名次居然墊底？」

「咱還是頭一次看見在開跑前就抱怨的人呢。」

「好咧！那就來起跑加速的啦！」

「的啦——」

賽車們同時起跑。雖說出發時是墊底，但我起跑加速的時機似乎抓得還不錯，很快就超過了排名第八的真白白，進了中段班。

「呼哈哈！真白白，看到了嗎！看來我放屁的技巧比妳還要高明呢！」

「可以不要將起跑加速講成放屁嗎？這肯定會被大家說是小咻瓦的屁股太大喔？」

：www

：這就是自闢（屁）墳墓呢。

：啥？（施壓）

：難以想像出自VTuber的骯髒詞彙笑死。

：笑死地獄大賽要開跑啦！

好啦，在正式開跑之後，我很快就來到了這個遊戲的最大特點——放了道具箱的第一處地點。

根據拿到的道具不同，也可能只用上一個道具就得以在這個遊戲扭轉乾坤。一旦離第一名的距離愈遠，就愈容易抽到強力的道具。我現在還在中段班，可以的話真希望能抽到加速道具衝到前段呢。

依據我在直播前玩過的感覺，這個遊戲的中段班似乎正是戰鬥密度最高的危險地帶。由於地上會撒滿各式各樣的妨礙道具，是以中招的機率也相當高。

題外話，動車之所以能一直讓大家愛不釋手，應該也和這遊戲講求一定程度的運氣有關吧。依據賽道不同，有些玩家甚至會刻意滯留在後段班，在獲得強大的道具後，再於最終階段一鼓作氣地反敗為勝。但我對這種進階的玩法終究還是研究有限。

所以我的目標是衝上前段班，再狠狠地甩開後面的對手！

但我抽到的是筆直發射，炸飛前方對手的攻擊道具——綠飛彈。順帶一提，另一種紅飛彈則是能一直追蹤前方的車子，直到命中為止。

「唔嗯——綠飛彈其實就是無人機呢，有點微妙。」

「照妳這種說法，感覺紅飛彈像是有人在上面駕駛一樣，別這樣啦。這會讓咱不忍心丟出去的。」

：這形容www

：真白白好善良。

：說真的，為什麼紅飛彈能追得這麼久啊？

：因為駕駛很厲害呢。QED證明完畢。

：請別用嘍囉等級的證明來亂啦www

「啊！」

一如預期，我撞上了前方玩家扔出的道具，一下子就被甩到幾乎是最後面的名次。

「咱先走一步啦。」

真白白使用了加速道具——香蕉，似乎就此衝進了前段班。嗯嗯嗯！

這個賽道的地板雖然很滑，但只要善加利用甩尾操作就能跑出不錯的成績，所以應該還不是什麼大問題。接下來才是重頭戲呢！

不過，和我們一起玩的觀眾們似乎也是實力不俗。我雖然在那之後就沒再中招，一路穩健地向前行駛，排名卻仍舊沒有起色。接著我來到了下一處道具箱——

出現的是……能暫時提升速度加上無敵的鑽石！

很好，這下子就能擠進中段班跑完第一圈了！

而且下一個抽到的是能加速三次的三香蕉！這下子能跑到前面了！

「就算只是微醉，只要用得好就能衝到前面呢！就由我讓妳明白，道具的性能並不會為開車的實力帶來決定性的影響吧！」

「但就咱所知，這款遊戲的道具裡不包含酒類耶。」

：說成微醉笑死。

：原來如此，因為度數是3％，所以用來形容三香蕉啊笑死。

「啊，糟糕好像彎不過去，要摔了要摔了。」

「咦？真白白摔出車道了嗎？也就是說，真白白要變得全身沾滿潤滑液的狀態了？」

「咱拿湊巧經過的犀牛當肉墊，牠代替咱掉下去了所以沒事。」

「抱歉啊犀牛，我說什麼都得揍你，不揍你的話我消不了氣（註：《新世紀福音戰士》裡鈴原冬二對主角碇真嗣說出的台詞）。」

：（犀牛）？

：犀牛老弟不只被推下去還要被揍，太可憐了。

：和這莫名其妙的理由相比，福〇戰士本篇揍人的理由顯得可愛多了笑死。

：消不了（慾）氣。

如此這般，終於來到了最後的第三圈！我要就這樣逃到結束！

趁著勢頭正好，就跑這邊的捷徑一決勝負吧！

「嗄？剛剛用道具害我走不了捷徑的傢伙給我自首，我會把你痛揍——」

「啊，那是咱喔。看到妳在前面咱就動手了。」

「痛揍什麼的太可憐了，還是上下其手一番就好咕嘿嘿嘿嘿。」

「還是被痛揍一頓比較好呢。」

「喔？難道真白白其實是超級受虐狂？」

「咱先走一步。」

「被忽視了……看來有超級受虐狂之嫌的似乎是我呢！抽搐抽搐！」

：這　可　真　過　分。

：因為有真白白這個好友在，小咻瓦鬧得比平常更瘋了

：明明是出自其他直播主之口就會讓觀眾為之震驚的詞語！出自小咻瓦口中卻變成了大爆笑事件！太不可思議了！

：Live-ON的搞笑藝人班底。

：絕大多數都是搞笑藝人吧……

：草。

好啦，現在可不是鬧著玩的時候了。明明都快到終點了，我還是跑在最後頭。

最後的道具箱，拜託了，快給我逆轉求勝的機會！

這、這是！

「這不是比雙親還要眼熟的超級香蕉先生嗎！」

這是能在短時間內持續獲得香蕉加速功能的道具，有了它說不定還有機會！

況且這個賽道的最後面還有一處捷徑！雖然有些不太好跑，但只要能在加速的情況下通過就能闖進前幾名了！

好耶！我要上啦——！

「妳還是多看點雙親的超級香蕉吧。」

「呃真白白，妳這是在開黃腔了吧……」

「咦……？啊（臉紅）。」

「啊，糟啦！」

：因為內心動搖沒抄到捷徑而摔出車道啦www

：好可愛！　￥10000

：真白白真可愛！太棒啦——　￥10000

：一語驚醒夢中人。

：有志者事竟成。　¥3000

：幹得好啊小咻瓦。　¥2110

：明明小咻瓦的黃腔開個沒完，一換成真白白開黃腔，聊天室的反應就變了笑死。

「第九名……」

「呵、呵呵呵！這都是拿下第三名的我的精心安排！」

「少騙人了！」

不過能看到真白白罕見的羞怯模樣，我實際上等於是拿到了冠軍吧！太棒啦！

在那之後，我們又進行了好幾場比賽。

由於在第一場表現得有些七零八落，我還擔心了一下。但第二場之後，我就慢慢展露出練習的成果，名列前茅的次數也讓我感到滿意。

就時間來說，下一場應該就是最後一場比賽了吧。

不過，這款遊戲真的很有趣呢。不僅觀眾的反應熱烈，我個人也相當投入，有機會再來開這個遊戲的直播吧。

基於遊戲特性，遊玩時總是處於動態，也因此會以自然的態度做出反應。不僅觀眾看得開心，遊玩的這一方也相當愉快，真讓人欲罷不能。

「大家也要記得愛上動車喔！」

「妳突然在說什麼啊？剛剛都說了那麼多糟糕話，現在想拍馬屁也來不及嘍？還有，小咻瓦意外地挺會開的嘛，和咱這個老鳥居然能打得平分秋色，嚇了咱好大一跳呢。」

「我在還買不起遊戲的時候就一直看著直播主玩，甚至會拿起手機當成搖桿模擬遊玩的感覺喔！所以完全就是一名老鳥呢！」

「下次也邀其他的直播主舉辦動車大賽吧。」

「咦，好奇怪？妳的聲音比平時溫柔許多耶？啊！難道這是個好機會？下次就和我一起S○X吧！」

「下一場的賽道會是哪裡呢？」

「怎麼這樣！」

「小咻瓦其實是真的以搞笑藝人為目標對吧？」

：她是要妳好好活下去YO！　￥1000

：超喜歡聖母真白白。　￥3000

：好期待直播主集結的大賽。

：我很擔心小光參加大賽的時候會晚一圈才出發，然後還設下不奪冠之前不下播的限制。

：高捧重摔的天才。

「喔，賽道決定好了！」

「彩虹銀河賽道啊，很適合收尾呢。」

嗚哇，看來選到的是這個遊戲首屈一指的高難度賽道。

這是在類似外太空的空間之中打造的彩虹色賽道，奔馳其上的光景相當魔幻，然而其實是個很容易摔出賽道的地圖，加上也有許多急彎，是我相當不擅長的賽道。

如果跑熟或許可以樂在其中，但對於經驗不足的我來說仍有些不安呢。

而時間自然不會等待冒出各種念頭的我，賽車很快就定位，並在流瀉著神祕背景音樂的同時準備開跑。

一直惶惶不安也沒用！既然如此就換個想法，改變心情吧！

「關於我旁邊的那隻獅子啊，一把鬃毛想成長在臉部周遭的陰毛，是不是就會覺得很有趣？」

「妳的人生還真是充滿歡笑呢。」

：我的茶噴出來了。

：也太沒頭沒腦了吧www　￥500

：因為是不為人知的毛，所以是陰毛嗎……

：到底有什麼樣的腦袋才會把那個想成陰毛？真是令人費解。

：能讓聊天室充斥著陰毛這個詞彙的VTuber真是令人費解。

「要上了的啦——！」

「的啦——」

嗯——雖說起跑加速的時機掌握得不錯，但總是會在過彎之際消耗不少心力呢。起跑的時候雖然是第四名，卻逐漸有被超越的趨勢。而且這個彎道很容易摔出車道……

啊，真白白果然把我撞出車道了。要是沒有貓頭鷹工作人員把我拉回來，我應該就會死掉了吧。

「這樣啊真白白，原來妳是這種人啊。很好，那我們就去澡堂吧（註：漫畫《厄夜怪客》裡少校的台詞「很好，那就發動戰爭吧」）。」

「不是發動戰爭嗎？」

「我誠摯希望能夠裸裎相見。」

「若是和小光一起去咱倒是沒意見。」

「為什麼我就不行？」

「因為咱感受到了生命危險。」

「怎麼這樣……不過在遠處看著脫光光親熱的兩人似乎也不錯！這就是所謂的被睡走(NTR)對吧！」

「這種說法好像咱是和小咻瓦睡在一起，別這樣說話啦。」

「真是對不sorry。」

「如果是小淡，咱倒是還願意一起洗呢。」

「！」

「啊，又摔出車道了呢。」

「妳、妳親口承諾了對吧！」

「是是是，有機會再說吧。」

：真？真？真假？　¥12000

：倒地（尊死）。　¥2000

：嗯？剛剛說了要裸裎相姦對吧？

：就發音來說確實是說了呢，日文真是方便。

：小惡魔真白白實用得宛如蘇格蘭折耳貓。　¥1000

：對精神攻擊弱到不行的小咻瓦也超喜歡。　¥1000

「啊，有人從後面『嘍』了咱一下。」

「從後面嗄了妳一下？」

「嗚哇嚇死咱了。怎麼突然發出像是野獸一樣的叫聲？咱只是被後面的車子撞了一下呀？」

「抱歉，我以為真白白突然聊起了背後位的事。」

「沒人在聊這種事。妳想挖洞給咱跳對吧？」

「沒有啦，雄性長頸鹿雖然經常為了爭奪雌性打架，偶爾卻也會因為打架時過於亢奮，讓兩隻雄性就這麼性交了起來。所以操作著長頸鹿的真白白，說不定也在激烈的賽事之中對我萌生了性方面的亢奮呢。」

「小咻瓦為什麼只對性相關的知識這麼博學呢？還有咱可是雌性呢。」

「居、居然說自己是雌性，妳果然是在引誘我對吧？」

「因為是賽車遊戲，要踩著車子的油門倒是無所謂，但麻煩妳把性慾的煞車踩好。」

嗚！要專注玩遊戲是沒關係，然而剛剛一時心慌摔出車道後，如今明明已經進了第二圈，我卻仍落在後段班的名次。狀況看起來不太妙啊……

「喂貓頭鷹，立刻把我拉到終點前面。我會賞你強零的。」

「別這麼光明正大地作弊啦。還有，會收受這種賄賂的只有小咻瓦而已。」

如果想突破僵局，就得需要一張有力的王牌呢……

對了！我記得這個賽道的終點附近有個不需要道具也能走的捷徑！

我看過示範影片，但自己從未練習過，所以這是初次嘗試——然而若不孤注一擲，我就確定會墊底了。

反正已經是背水一戰，不如下定決心上吧！

「讓妳瞧瞧我看頭文字〇鍛鍊出來的飆車技術！」

「只是看過而沒有實際上路這點還真是可愛呢。」

「呼！哈——！」

「啊，被超過去了。」

好耶好耶！我成功了喔！各位！

：喔喔！

：挺好的啊！

：能衝進前段嗎？

：拍手拍手。

急起直追的我，最後拿下了第三名。而在真白白以第四名通過終點後，賽事便結束了。我們也就此結束了這次的直播。

很——好！下次直播之前得再多練習一下，多秀些厲害的技巧讓觀眾們目瞪口呆！

「辛苦了——小咻瓦，有好好關掉直播嗎？」

「辛苦了！歷經那起慘劇之後，我都會特別注意這部分，所以不要緊喔。」

「現在光是用『那起慘劇』這四個字，就能讓其他直播主們知道是什麼事了，也太好笑了吧。啊，咱最後有點事要說，妳有聽說Live-ON預計要召集所有直播主錄製一部歌唱影片嗎？」

「嗯，經紀人有告訴我喔。」

「這樣啊。是說，那個企畫好像準備正式開跑了喔。」

「真的假的？」

「從反應來看，妳似乎還不知道呢。咱想這幾天應該就會告訴妳詳情了喔。」

糟糕，看來我還是得多加留心，別讓自己因為太過興奮而夜夜難眠了……

去看大家的直播吧

「好啦，今天的直播該做些什麼好呢？」

我基本上都在晚上時段直播，平常的白天和下午則用來思考直播點子或是製作預覽圖。而現在的我剛吃完午餐，正邊喝茶邊思考縮圖靈感。雖然身為直播主，但不代表直播以外的時間都很閒喔！

唔嗯……最近不是線下合作就是玩遊戲，都是些內容澎湃的直播，所以我打算暫時放慢一些步調。

對啦！由於最近很忙，我變得沒什麼空去看那些原本就在關注的直播主節目，不如來個一石二鳥之計吧！

「各位好孩子！大家晚安！我是大家的強零姊姊小咻瓦喔！」

：來了來了！

：晚安——！

：啊，看來是喝醉了呢（深信）。

：別一開場就讓我們不知該做什麼反應啦www

：是ＮＯＫ產出的負面遺產呢。

「今天沒有來賓，所以我打算輕～鬆地去看看其他直播主的節目，並從中學習喔！」

：不錯嘛！

：瞭。

：老實說我還滿喜歡這種悠閒的直播。

「當然，我已經事先徵得同意了，所以各位大可放心！好啦好啦，現在這時間究竟有誰正在開台呢——？」

我在直播網站上搜尋了一下，似乎有不少成員正在直播。這下原訂計畫就不會無疾而終了，還好還好。

「啊，小光正在直播嘛！第一棒就決定是妳了！」

好啦好啦，不曉得她的直播內容是什麼呢——？

呃，標題好像是「祭屋光好想成為神級畫師」的樣子？

看來她似乎正使用繪圖板進行畫畫直播。但還真難得，在我的印象裡，小光迄今好像不曾在他人面前畫畫。

啊，不過上次通話的時候，她似乎有提到最近在向真白白學習繪畫技巧，原來和這件事有關！

她肯定是想在直播中展露自己進步的繪畫功力吧。既然如此，就去看看同期的英姿吧！

我點開直播畫面，發現小光正在畫她自己化身的插畫，而畫作即將進入完成的階段。顯示在視窗角落的【已繪製直播主一覽】裡寫的是「還在熱身」，看來是剛開台沒多久呢。

不過，她畫畫的功力是真的有進步呢。雖說仍遠遠不及神級畫師的領域，但完成在即的插圖帶著活潑、明亮又可愛的氛圍，非常有小光的風格。

『……咦，小咻瓦來看了嗎？』

啊，看來聊天室有人在提醒她的樣子，我跑來觀摩一事被她發現了。

既然機會難得，我也來留個言吧！呃——

〈心音淡雪〉：插畫好可愛！

這樣就行了！

『真的嗎？嘻嘻，我目前還在熱身，所以畫的圖有些地方還滿粗糙的，實在有些不好意思……不過謝謝妳！對了，既然妳難得來了，正式的第一張插畫就來畫小咻瓦吧！』

真的嗎？那我豈不是在最棒的時間點過來看了嗎！

小光立刻開啟新的畫布，思索起構圖。這真是讓人心生雀躍。

『呃，小咻瓦的外表看起來很老實，所以得加強纖細和美豔的印象！』

在下筆大約二十分鐘後，浮現在畫布上的，儼然是以小光的畫風所描繪的我。

「真不錯，真是棒透了！真好擼！我真想拿我自己來擼！對自己的身體產生情慾，再以自己的身體加以發洩——不覺得這才是真正的自慰高手嗎？各位觀眾也要好好學習喔。」

大概是顧慮著直播的節奏，小光因此以相當快的動作描繪完成。但這已是能夠讓我滿意得無以復加的美麗肢體。然而她似乎對某些細節有意見……

『嗯——……是還不錯啦，但總覺得有哪些地方差了一點……是哪邊呢？』

這也代表她是認真在為我繪製的吧，令我喜出望外。

但就在我冒出這般念頭後，沒過多久——

『小咻瓦應該給人破壞力更強的印象吧……嗯？破壞力？所謂破壞力應該就是強大的感覺……這幅畫作所欠缺的，難道就是強大的感覺嗎？』

奇、奇怪？這孩子是不是說了什麼奇怪的話？沒問題嗎？

『原來如此！我終於掌握到關鍵了！目前仍未具備壓倒性的強大，這樣對小咻瓦太沒禮貌了。』

「啥？」

『說到強大就會想到肌肉呢！首先把手臂加強一些吧。』

「欸，妳在搞什麼鬼啦——？」

我手臂的肌肉突然變得粗上了五倍左右。

『這樣的胸部似乎也太小了一點呢。』

喔，太好了，她總算恢復正常了嗎？

『要像這樣才行！』

「不對，那已經不是胸部了，那是胸肌啊啊啊啊！」

就在同樣的狀況重複上演過幾次後，最後完成的畫作是——有著散發鋼鐵般美麗光澤的強健手臂、幾乎要撐爆上衣的飽滿胸肌、超越了肉感二字的結實大腿……疑似小咻瓦的某種存在。

『完成了一幅好畫呢！』

「我已經看不懂了。」

：是阿諾．咻瓦辛格呢！

：這人是把腳接在手臂上不成？

：大衛像怕得皮皮挫！嘿、嘿、嘿！

：感覺背上能擠出鬼的臉孔。

：好強，這是用強零鍛鍊出來的強健美體啊。

『呼，因為完成了第一幅畫，所以暫時解除空氣椅的姿勢嘍——我的雙腿都發出慘叫了呢。』

「啥？」

呃，這是怎麼回事？她一直維持著空氣椅的姿勢畫畫嗎？

我先是困惑了一會兒，隨即在小光直播畫面的角落看到了一行訊息。

【繪畫的時候要一直維持空氣椅的姿勢！】

『不過光會因為這樣的慘叫而繼續成長茁壯的。我要超越極限！』

不不，這是為什麼？做這些事是為了什麼目的？我雖然絞盡腦汁想找出答案，卻因為遲遲無法理解——

〈心音淡雪〉：謝謝妳畫出一幅傑作！

我這麼留言之後——就決定不再思考了。

Live-ON的成員都是些莫名其妙的傢伙啊！

「接下來該看誰的直播好呢——」

：性大人正在直播！

：真的耶www

：希望是性大人。

：她說原本沒打算直播，但因為小咻瓦會來看所以就開播了。

：超級興奮笑死。

「嗚欸欸欸……」

：發出了超級厭惡的聲音笑死。

：那聲音是怎樣w

：性大人用渴求妳過來看台的眼神注視著這裡！

「因為那是性大人喔？絕對在播不正經的內容吧？」

：印象有夠糟的笑死。

：雖然想說那是妳的偏見，但因為是事實所以無話可說。

：說、說不定她為了小咻瓦而準備了清秀的節目內容喔！

：沒錯！

：小咻瓦雖然嘴巴很壞，但其實超喜歡聖大人呢。

：超喜歡傲嬌又不甜的強零。

：明明不是同期卻有這麼好的交情實屬難得。

「……我明白了，那我就相信大家的意見，相信聖大人是在進行正經的直播，這就過去看看嘍！我是真的相信各位觀眾喔！」

很好！我就點下去！

『好的，如此這般，就來介紹聖大人推薦的色情遊戲吧。第一款是這個「金輝戀曲四重奏」。這款遊戲是嗚哇啊啊啊啊！理亞啊啊啊啊！不要啊啊啊！理亞理亞理亞理亞理亞啊啊！啊哈啊啊哩啊啊啊啊啊——』

關掉。

「好啦好啦，接下來要看誰的直播好呢——」

：大草原。

：別一瞬間就關掉直播啦（笑）。

：陷入了深度瘋狂笑死。

：畢竟提到了小理亞，那也是沒辦法的反應。

：最後發出了真的相當噁心的叫聲，性大人果然是最棒的。

：金輝戀曲四重奏很讚喔。

「是說性大人不就表現得一如往常嗎！」

唉，老實說我也料到會是這樣了。那位性大人哪可能搞什麼正經的直播內容啊？我明明很清楚。嗯。

但我萬萬沒想到會是這種兩秒變母豬一般的狀況……

：對不sorry——

：我不求您寬恕。

：只要再一次就好！

：我也拜託妳了！

：只要看一點點就好！

「是是是，我知道啦！唉，我原本就打算去看就是了。」

：果然是個傲嬌嘛！

：果然很喜歡她呢。

：因為是同類嘛。

好，那就再開一次吧。看我點下去！

『抱歉，因為遊玩時的記憶復甦的慣系，所以我稍微有點失控了。讓我們收斂心神，介紹下一款名為「X†CHANNEL」的作品吧。這款遊戲——』

「『嗚哇啊啊啊啊！太一咿咿不要啊啊啊！太一、太一咿咿咿！友情是！不會要求！回報的啊啊啊啊啊嗯嗯嗯嗯嗯——』」

：吵死人了！

：居然連小咻瓦都一起抓狂了，草上加草。

：這還真是出乎意料，原來小咻瓦也玩過X†CHANNEL啊（笑）。

：這　可　真　過　分。

：近年難得一見的慘劇。

：不過真意外，聖大人不只喜歡露骨的色情遊戲，連這種重視劇情的作品也喜歡啊。

：我猜是因為對露骨系的作品高談闊論會被刪除帳號的關係。

『那麼那麼，第三款是這個——「住在像是擼作的村莊裡的貧乳該如何是好」。』

「啊？妳說什麼？對像是強零那樣能夠讓人變成廢物的罐子成癮的VTuber該如何是好？」

：您的耳朵被強零灌滿了喔。

：別講得像是那種會把人變成廢物的沙發啦www

：原來有自覺啊……

：這下到底該如何是好……

：她、她最近有在說特上表示「對酒類已經沒像以前那樣成癮了」！

：還能這樣自嘲就讓我放心了，真正的廢物是連自嘲都辦不到的。參考來源是我本人。

：上面的仁兄要堅強地活下去啊……

『哎呀，淡雪過來捧場了嗎？』

啊，看來我正在看的事還是曝光了。

嗯？而且性大人甚至主動找我通話呢！

「啊，喂喂——」

『喂喂，淡雪，我好想妳喔。』

「如果想我，還請不要開些關於色情遊戲的話題喔。」

『有些生物會被腐臭味吸引而去對吧？換句話說就是這麼回事。』

「妳肯定是在損我吧？」

這個人實在是喔⋯⋯

不過仔細想想，我們雖然還滿常在說特上對話，但和聖大人直接（？）對話似乎已經是很久以前的事了呢。

我不否認自己有些期待，但我不會說出口的。

「既然難得進了妳的直播台叨擾，要聊些什麼？」

『妳喜歡什麼類型的色情遊戲？』

「妳想被我揍肚子嗎？我最喜歡催眠類型的作品是也。」

：喂www

：居然回答了嗎——

：清秀角色居然偏偏喜歡催眠類型⋯⋯

：是也（滿足語氣）。

：要是小詩音不來就沒人能阻止她們了⋯⋯

『催眠類型挺不錯啊。特別是刻意解開催眠後享受對方的反應，那實在棒透了。』

「哦？但我覺得享受對方一直處於催眠狀態的情境才是最棒的啊？」

『啥？』

「啥？」

「『……啥？』」

在這之後，我們一直熱烈地討論著自己喜歡的情境，直到雙方滿意為止。

這是雙方完全敞開心房的狀態，簡直就是用言語進行無防守互毆。

而在徹底說出彼此的心底話後——

『我說不定能發掘出新的視點。謝謝妳啊，淡雪。真不愧是與我齊名的變態。』

「不敢當，性大人也展露出了不負其名的高超手腕呢！」

我們變得更加融洽了。

而這段對話在之後以「癖性講義」之名為後人所知。

……啊——已經變得莫名其妙了啦。

和聖大人進行過高水準的討論後，由於聖大人跑去睡覺，我便尋覓起下一位直播主。

聖大人原本沒打算開台的，卻似乎為了我特地開了直播，這讓我相當感激。

我也是到了最近，才知道她看似行事荒唐，其實是很會照顧人的個性。

但依然是個變態就是了。

「啊，晴前輩開始直播了！去看吧！真是的快點給我點進去！」

太棒了，我的情緒亢奮起來了！

：晴前輩來了！這下贏定啦！

：和得知性大人開台的反應天差地別，草上加草。

：又來個混在一起會出事的人了。

：唉，畢竟變態會互相吸引（註：《JOJO的奇妙冒險》第四部的台詞「替身使者會互相吸引」）**啊，這就是癖性的宿命。**

：原來是J〇JO來著？

我看了看她的標題，似乎是正在直播魔法詩章的樣子。

所謂魔法詩章，是最近流行的數位對戰卡牌遊戲。這和現實世界的集換式卡牌相當類似，要從包羅萬象的卡片之中挑選四十張組成牌組，並與朋友對戰——或是利用數位化的優點和陌生人在網路上對戰。

我雖然沒玩過，但這遊戲很有名，所以還是知道遊戲規則的。

喔，開始了開始了！

看來她這次是要在網路上進行對戰呢。

剛好下一場對戰正要開始，我就好好觀摩一番吧。

觀摩第一戰開打的啦！

首先雙方玩家都各抽三張牌。

『……消費10的兩張，消費9的一張，原來如此啊……』

「哎呀——」

根據這款遊戲的規則，隨著回合經過，手邊的資源也會逐漸增加。序盤會以消費1、2、3的卡片為重心，而起手三張牌的消費都接近極限值的10，已經可以算是很嚴重的意外了。

『我的牌組合計只放了兩張消費10，以及四張消費9的牌呢……算了，就用起手換牌的規則把這三張都換掉吧。別著急別著急。』

沒錯，為了預防這樣的意外，在起手階段允許進行一次起手換牌，這多少能讓情況好轉一些。

『換來的三張不都是消費9的牌嗎——！是誰把我的牌組偷偷安裝了降冪排序的程式啦！（砰！）』

看來是沒救了。

在晴前輩使出了全力拍桌的招式後，聊天室便生出了叢叢雜草。

『啊，因為太過亢奮，手不小心碰到了桌子呢！晴晴好——痛……』

：剛剛那一下確實會讓晴晴很痛呢——

：別這麼做了（b）

：比讚手勢笑死。

：啊，這就是所謂的相對論對吧。

：沒錯沒錯。

：是這樣嗎？

一如預期，晴前輩在對戰序盤就被對手打得落花流水。

勝負才剛剛開始呢，觀摩第二戰開打的啦！

這次和上次不同，起手的牌相當正常，進入後半戰也相當順利。這下贏定了吧？

『這次好像還滿穩定的喔？啊不過，要是對方砸了隕石雨一類的招式下來就不太妙了……不不，應該不會這麼衰吧，畢竟現在的規則只能在牌組裡放一張而已，能行能行。』

嗯嗯，總之就贏下這一局——

『不要啊啊啊！為什麼對手偏偏在這種關鍵時刻有這張卡啦啊啊啊！（砰砰！！）』

看來是沒……（以下省略）

在晴前輩使出了全力……（以下省略）

『啊，抱歉——！剛剛是住在樓上的健美先生愛用的三噸半啞鈴穿破地板掉下來啦！』

：噸……？

ガーッ
ガーッ

：看來開始把責任推給陌生人了笑死。

：不不，剛剛小光的直播裡有產生出辦得到這種事的人物喔。

：原來阿諾咻瓦辛格是為了這一刻埋好的伏筆？

：小咻瓦別練肌肉練得那麼勤啦！

雖然莫名其妙被怪到了我頭上，但我沒放在心上。來看第三戰的啦——！

『我、我先休息一下抽個卡包喔！不改變一下趨勢可不行呢。我現在還能抽十包卡包，其中至少會出一張有用的牌吧！』

喔，不錯不錯，抽卡包的話就算晴前輩再怎麼衰——

『——嗚！（砰砰砰！！！）』

看來……（以下省略）

在晴前輩……（以下省略）

「這到底是發生了什麼事……」

：是悲劇直播啊！

：真的是一場大悲劇呢……

：在小咻瓦去看之前，她就已經屢戰屢敗了喔w

：已經是一種才能了，這垃圾嘍囉化的技術沒人模仿得來。

：是莫林芬（註：出自《遊戲王》的怪獸卡，有最弱等級五怪獸之稱）嗎？

「笑死。晴前輩……真是有趣！」

因為草生得太多，導致我講話的口吻變得像是喜愛蘋果的某個死神。

怎麼看都是受到神明眷顧的人呢。

『啊，咻瓦卿來了嗎？真的嗎？那還真是剛好呢。我很擔心桌子累積的傷害，所以今天的魔法詩章就玩到這裡。最後則是打算將咻瓦卿變成卡片來結束今天的直播喔。』

「什麼？」

『心音淡雪：種族．強零：使用魔法卡【至零之酒】可以讓這張卡片進化。這張卡片在進化後獲得【女性特攻】、【唯我獨尊】、【宇宙的恐怖】和【活傳說】等特性。卡片解說：喜歡雌性。喜歡女人。喜歡大家。』

「我好像被擅自製成卡片了耶？」

：宇宙等級的恐怖笑死。

：加上活傳說的特性不就成了某神話裡的生物嗎。

：哎呀，但就算說是神話裡的生物，我也有自信能夠接受呢。

：感覺和克蘇魯很合得來。

：還滿喜歡卡片解說的內容的。

這場直播直到最後都充滿了晴前輩的風格。

我今天同樣差不多就看到這裡吧。偶爾來場這樣的直播也不錯呢！

話說回來，真的一如聖大人所言，晴前輩讓我受到了不小的震撼。但從她還會拿我來惡搞來看，似乎沒有對我抱持負面的印象呢，真是太好了……

我之所以能夠站上這個舞台，追本溯源正是託了晴前輩的福，說她是我的大恩人也不為過。

真想快點和她見面呢……

第四章

Live Start

♪——♪（手機來電鈴聲）

「喂喂，你好——」

「啊，雪小姐午安。我是鈴木，現在方便講電話嗎？」

「午安，完全沒問題喔。」

「我是來告知關於上次規劃的那場企畫。」

「啊，是指那個唱歌合作企畫嗎？」

「啊，對對對。您已經收到消息了嗎？」

「真白白是有和我說企畫內容有進展……該不會這是不能外流的資訊吧？」

「不會不會！直播主之間互通信息的話沒關係！我想是因為真白小姐的錄音排程比較早，所以也提前收到了企畫說明喔。」

「咦，我們是要分開錄的嗎？」

「是的。預計會在攝影棚錄音，但終究沒辦法一次容納所有成員，所以會拆成幾組錄音呢。」

「原來如此，我明白了。」

在與真白白合作直播完的隔天，一如她當時所提及的，鈴木小姐在這天下午打了電話說明企畫內容。

老實說，當初聽到有這個企畫的時候，我便一直抱持著興奮的心情翹首期盼。所以在收到通知的時候，我內心的感想是「終於來了」。

由於這是Live-ON首次聚集旗下所有直播主進行的大規模合作，我內心的期待之情自不多說，卻同時也斂起了心神，提醒自己不要出錯。

「關於錄音的排程……可以安排您在這週五的下午三點前來錄音嗎？」

「當然可以嘍！」

明明現在已經有收入了，我依舊差點說出「尼特擁有最多的就是時間」這句話，還是當成祕密吧。

雖然自己說有點害臊，但我真的有所成長呢……苦苦掙扎的那段日子，現在回想起來也變成了一段美好的回憶。

嗯，我已經從跨越難關的過程中獲得了真正的自信，這次合作就帶著這份自信去挑戰吧！

「那麼，還請您當天提早十分鐘來我們公司，我們會從公司派車將您載到攝影棚。我還得在公司忙工作，所以不確定當天的司機是哪位，但應該會由其中一位工作人員負責才對。」

「好的——」

「啊，我等等會將歌曲的展示用音源傳過去，還請您試聽看看。」

「我會重複播放一整天的！」

「哈哈，那當天就麻煩您了。」

由於要交辦的事項只有這些，鈴木小姐隨後就掛掉了電話。

嗯，倘若因為宿醉而唱不了歌就糟透了，所以今天還是別喝酒了吧！

到了週五當天——

「啊，您是田中小姐對吧！我馬上為您聯絡承辦人員，還請您稍等。」

我先在外頭用過午餐，並準時抵達了公司。我有好好在十分鐘之前到場喔。

我乖乖照著櫃台小姐的吩咐，有些緊張地等候著。不過……

「久等了。小淡雪午安！」

「咦？」

櫃台小姐帶來的是一名嬌小的女生。

「呃，請問……」

「我是今天的司機『最上日向』，請多指教！」

「咦咦咦？」

這個女生是司機嗎？

眼前的女孩子身高大概只有一百四十五公分左右，看起來相當年幼。詩音前輩雖然也有一張娃娃臉，卻完全比不上眼前這位。

無論怎麼看都只是個國中女生啊……

困惑和驚愕一類的情緒浮上心頭，讓我向櫃台小姐投以求助的視線。不過……

「啊哈哈，請別擔心，最上小姐確實是我們公司的人員喔。」

「是、是真的嗎？」

「順帶一提，她比您更為年長。」

「咦咦？」

「哼哼——！」

她似乎想擺出抬頭挺胸的姿勢，卻因為胸部過於平坦，我依舊有點難以置信……

但既然公司的工作人員都打了包票，那應該不會有錯吧。總之，我就這麼跟著最上小姐前往停車場。

「抱歉，只有很普通的轎車而已喔。要是能準備更好的車子就好了。」

「不、不會不會。」

「像是油罐車之類的。」

「和我想像的『更好』不太一樣耶？」

我從剛剛就一直被耍得團團轉，而最上小姐則是看似開心地以熟練的動作做著出發的準備。

在我坐上副駕駛座之後，車子很快就出發了。但我依然無法相信車子是由這個女生駕駛的，於是一直凝視著她開車的模樣。

「我因為長這個樣子，偶爾會被警察攔下來，要求我出示駕照呢。」

「啊、喔……」

「所以我就想啊，不如把自己的駕照用超大倍率列印出來，然後貼滿整輛汽車。但最後還是打消了這個念頭呢。」

「駕照痛車？這不是會洩漏個人資訊嗎？」

「還有啊～我駕照已經拿到很久了，所以都不貼新手貼紙了，卻也經常被同樣的理由攔下來問話呢。」

「啊——感覺能夠想像呢。」

「所以我就弄了一輛貼滿新手貼紙的痛車喔！」

「您真的貼了嗎？居然做了這麼瘋狂的事？」

「因為意外地帥氣，我還滿中意的呢。但是開那輛車出去時經常會成為注目焦點，況且我明明已經不是新手了，為什麼還要這麼賣力地主張自己是新手上路呢？覺得這樣不對的我，最後還是把車子變回原狀了。」

「不僅滿意，還實際開出去過？」

這、這個人是怎麼回事？就算是Live-ON的直播主，也不見得有誰的思路和她一樣跳躍啊！

在那之後，我雖然也對她講述的種種奇人異事感到困惑，但她的駕駛技術確實相當安全且熟練，是以沒過多久就抵達了攝影棚。

明明只是坐在副駕駛座上，但總覺得我已經累個半死……

「喔，嗨嗨——！」

「嗯？」

就在抵達攝影棚下了車後，一名女子隨即前來迎接我們。

她將頭髮染成藍色。我雖然不是很瞭解，但女子作的似乎是所謂原宿系打扮。她的行頭十分華麗，幾乎和我完全相反，但看起來年紀似乎和我差不多，只比我再年長一點。

她是誰呢？這麼有特色的人只要見上一面，照理說就不會忘記才對。但我應該和她是初次見面吧。

與側首不解的我恰成對比的是——身旁的最上小姐以一副開心的神情跑到了女子身旁。

「凜凜！妳還留在這裡嗎？」

「嗯，我想說機會難得，乾脆在旁邊聆聽其他人的錄音過程嘛。可惜之後還有行程，所以我也只能先走一步啦。」

「這樣呀。」

「欸欸小最，那個女生就是那位嗎？」

「沒錯，正是Live-ON的迪〇・布蘭度——小淡雪喔！」

「酒！我不喝心情就不好（註：漫畫《ＪＯＪＯ的奇妙冒險》第一部裡迪奧的台詞）！」

「誰是迪〇啦！」

總覺得清秀模式的我好像已經固定會變成眾人玩弄的對象了——我在冒出這般念頭的同時，也從兩人的對話之中隱約察覺出這位女子的身分。

這位八成是Live-ON直播主，而且結束了錄音工作，正準備要回去吧。

而她身為直播主的名字則是——

「喏，凜凜，要先作自我介紹才行啦。」

「喔，真是不好意思！喵喵！我是晝寢貓魔，也就是『鈴鳴凜』喔——！」

「初次見面，我是心音淡雪，也就是田中雪。您果然就是貓魔前輩呢。啊，在攝影棚用直播主的名字稱呼是不是不太妥當？」

「不會喔，攝影棚周遭已經設下了嚴密的監控，只有Live-ON相關人士可以出入，所以沒關係的！不過在外頭時，還是壓低音量會比較好喔。」

「我明白了。」

嗯，這種很有躍動感的獨特發音方式，的確就是貓魔前輩本人。

該怎麼說，雖然在和聖大人與詩音前輩碰面之際就有這種想法了，但迄今對我來說高不可攀的存在，如今卻出現在我眼前，這令我遲遲無法習慣，讓人覺得相當不可思議。

我也會有被稱為前輩的那一天嗎……

「真白白和小光的錄音剛結束喔。」

「啊，是這樣啊。」

「那拜拜嘍——」

換句話說，我等下也能遇到兩位同期啊。

雖然和她們合作過很多次，但我還是頭一次在線下碰面，希望不會因此怯場啊……

貓魔前輩似乎相當趕時間，很快就離開了攝影棚。

「很好，那麼小淡雪，我們走吧。」

「好的！」

我也接著跟在最上小姐身後，就此走入了攝影棚。

攝影棚裡相當忙碌，工作人員們紛紛面對著各式各樣的器材和文件。

鈴木小姐的身影也在其中。她雖然同樣忙得分身乏術，卻仍注意到我們的到來，對著我點頭致意。

當中最吸引我目光的，莫過於氛圍與周遭迥異的兩人——她們散發出完成工作的放鬆氣息，正做著返家準備並談笑風生。

「辛苦了～！好緊張呢！」

「辛苦了。咱看妳唱歌時明明一副自信滿滿的模樣呀，妳真的有感到緊張嗎？」

「是真的啦！真白白倒是輕輕鬆鬆地就錄完了呢。」

「是嗎？太好了，妳是這麼覺得的話我就放心了。」

嗯，那兩位看來就是真白白和小光了。看來她們是排在我之前錄音的呢。

「喏，過去和她們打聲招呼！」

「嗚哇？」

就在我傻站在原地不知該如何是好之際，最上小姐從背後用力拍了我一下，將我強行推到了兩人面前。

「喔？您哪位？」

「……該不會是小淡吧？」

「嗯，初次見面……」

「喔喔！是真實的小淡雪耶！」

嗚喔喔喔喔這種心癢難耐的感覺是怎麼回事！

現實中的真白白雖然身高和化身一樣嬌小，然而四肢纖細的她給人嬌柔的印象。

至於小光的第一印象則是只能用「陽角」來形容。她所散發的氛圍感覺帶著耀眼光芒。

「呵，小淡妳怎麼啦，幹嘛一副畏畏縮縮的樣子？」

「不是啦……雖說是第二次的初次見面，但我一直不知道該用什麼樣的情緒開口比較好……」

「哦，的確是這樣呢。既然難得實際碰面了，就來作個自我介紹吧。咱是暱稱真白白的『櫻火白』喔！」

「我是祭屋光，也就是『佐佐木夏海』喔！」

「我是心音淡雪，也就是田中雪。」

…………

「「「噗、啊哈哈哈哈！」」」

在做完自我介紹之後，我們三個才發現明明彼此認識卻還要自我介紹的狀況相當古怪，就這麼同時爆笑出聲。

嗯，實際聽到她們的說話聲後也沒那麼不適應了。已經不要緊了。

「雖說難得碰面還想多聊一些，但可不能讓工作人員等太久喔。小淡，妳先進去吧。」

「嗯，也是呢。」

「我們下次再一起聊天吧——！」

和兩人道別後，我終於要錄自己唱歌的部分了。

首先是由鈴木小姐和作曲家指點我唱歌的段落和技巧。

這次為我們作曲的，是動畫界名聞遐邇的泰斗級作曲家。Live-ON未免也太認真了吧……

我要演唱的似乎是第一段副歌之前的部分。

我已經聽了很多次歌曲，所以記得非常清楚。那我要上啦！

「呼。」

起初因為緊張導致歌聲有些發抖，但最後總算順利錄音完畢了。

在指點的當下，兩人表示希望「淡雪小姐」以清秀的形象歌唱，因此我壓抑了力道，以灌注情緒的方式演唱，對我來說是相當新鮮的體驗。

啊～順利結束讓我放下了心中的大石，全身也登時沒了力氣。現在的我就像隻軟體動物，整個人癱在椅子上頭。

好啦，差不多該回家了。

話說回來，我這組居然只有我一個人錄音，這是為什麼呢？

「很好！既然小淡雪的錄音結束了，接下來就要和我一起錄咻瓦卿的部分啦！」

「啥？」

這道說話聲讓我懷疑起自己的耳朵，我不禁用力轉頭看向發話者。

來者是理當只是一介司機的最上小姐。她站到兩支並排的收音用麥克風的其中一支前方，呼喚著我的名字——

「呃……嗯？」

不明所以的我，感覺腦袋快要爆炸了。

「喏，淡雪小姐，該錄音了。」

「啊，鈴木小姐，我的部分不是錄完了嗎？」

「淡雪小姐的部分確實是錄完了。接下來是小咻瓦的部分喔。」

「嗄，什麼？」

總算理解工作人員們在說些什麼的我，不禁感到錯愕萬分。

難道說，這些人打算把淡雪和小咻瓦當成兩個人，讓她們唱不同的段落嗎？

只有我一個人唱兩個段落嗎？雖然我總是用兩人互不相識的感覺進行直播，卻萬萬沒想到會是這種發展。

「可、可是呀！酒該怎麼辦？就算我膽子再大，終究還是不太敢在這種工作場合喝酒……」

「沒這個必要！」

「咦？」

以強勢的嗓音如此宣布的，是讓我腦袋陷入混亂的原因之一——也就是最上小姐。

對啊，為什麼那個人明明是Live-ON的工作人員，卻站在麥克風前……

——嗯？Live-ON的工作人員……我記得最上小姐是這麼被介紹給我的。

但她的頭銜不只是如此。

換句話說，她很有可能既是Live-ON的工作人員，又同時身兼「VTuber」的身分。若是如此，她站在麥克風前面的舉動就變得合情合理。

而擁有這般經歷的直播主，在整個Live-ON中只有一位——

不、不會吧？

「呼哈哈哈！小淡雪，妳終於注意到啦！我就是大家內心的太陽，朝霧晴呀！」

「咦，不是Live-ON的萬惡淵藪嗎？」

「欸，鈴木卿！別挫我銳氣啦！」

啊，我怎麼會一直沒發現呢？

這樣的嗓音、這樣奇特的舉止、用奇怪暱稱稱呼別人的行為，不就是我憧憬至今的那個人嗎？

原來如此，我總算理解了一切。換句話說，我接下來要和崇拜已久的晴前輩一起錄音是吧。

啊糟糕，因為緊張和驚愕，我的眼前一片天旋地轉。

奇怪？這種感覺……我好像曾經體驗過……

對了，我在Live-ON的面試時似乎就……

「老夫的春天終於來了。」

「喔喔，好懷念您這樣的表現呢。」

「這樣啊，鈴木卿曾在面試的時候見過這位『超越極限小咻瓦』呀？我可是第一次，所以相當期待喔。」

這種解放感……說不定比腦袋灌滿強零時還要讓人爽快。

「嗯嗯嗯好爽喔喔喔喔喔！」

「一切都按照計畫進行。」

「最上小姐，您看起來很開心呢。」

「這不是廢話嗎鈴木卿！我再怎樣都想同時和小淡雪與咻瓦卿進行收音。然而身為一個人，終究不能強迫她喝酒呢。因此我參考了小淡雪在面試時明明沒喝酒卻變成小咻瓦的例子，這次則是用我自己當武器，成功讓她激發出咻瓦卿的那一面呢。」

「最上小姐是不把淡雪小姐當成福〇戰士之類的東西了？就暴走這方面來說。」

「我會害羞啦。」

「我不是在稱讚您。還有，如果要這麼拐彎抹角，一開始和淡雪小姐說要分成兩個段落錄音不就得了？」

「真是的～鈴木卿，妳這樣說不是會讓我很漏氣嗎～唔，驚喜的感覺也很重要不是嗎～？」

「您還是老樣子呢。」

話說回來，原來晴前輩這麼嬌小，真是讓人意外。她外貌給人的震撼力實在太強，根本沒注意到她的真面目。

「合法蘿莉……這是神明創造出來獲得赦免的禁忌，也是活生生的奇蹟，更是生命的神祕……」

「唔，咻瓦卿，別說那些怪話了，要開始錄音了喔！」

※嗯嗯嗯好爽喔喔喔喔喔!

「好的——！嗯？等等，聲音就是喉嚨的振動，因此以宏觀角度而言，所有發音都是喉嚨的振動。換句話說，歌聲和呻吟聲是一樣的……？所以我接下來不就等於要和晴前輩S〇X了嗎？」

「出現啦，是咻瓦卿特有的『等於理論』呢。」

在最上小姐揭露自己是晴前輩之際，我便化為了小咻瓦。而在變回淡雪的時候，我已經回到了自己的住處。

我姑且聯繫了鈴木小姐，錄音似乎是順利結束了，所以不成問題的樣子。

聽她詳細解釋，我才知道一切都在晴前輩的計算之中。該怎麼說，真的是個超乎想像的人物呢。

我雖然很想和她再次見面聊聊，但感覺又會被玩弄一番。不過，若是換成小咻瓦上陣，似乎也會營造出混在一起會出事的混沌空間呢。

哎，總之這些事暫且擱在一邊。完成的歌唱影片似乎終於正式上傳了。

歌曲名稱是「Live Start」。

除了負責副歌前段落的淡雪，小咻瓦也負責和晴前輩相互喊話的C段的樣子。由於只有這段的唱歌魄力大不相同，因此底下的留言——

：為什麼這兩個人要用歌聲打拳擊呢？

：用歌聲互毆笑死。

：就只有這邊的水準超乎尋常啊。

：小咻瓦和小淡已經被當成不同人了笑死。

：真不愧是Live-ON，不會辜負我們的期待。

——也像這樣掀起了一陣吐槽風暴。但影片本身則匯聚了相當多的人氣，在轉瞬間就達到了一百萬播放，可說是獲得了巨大的成功。

順帶一提，根據鈴木小姐描述，我們在錄音當下是真的睜著充血的雙眼相互嘶吼，讓她品嚐到了恐怖的滋味。總覺得對她相當抱歉……

哎，既然都結束了，就當作是圓滿收場吧。

終章

在我因為那起慘劇而走上頂尖VTuber之路後，已經過上了相當長的一段時間。

原本畏首畏尾的我，如今已經理解了自己的個性，也能轉為笑點，變得能夠開設讓許多人開心的直播。

出乎預期的意外成了大翻身的契機——人生真的是充滿驚奇呢。

這都得感謝支持我的同期、前輩、Live-ON的工作人員們，以及能夠享受我直播內容的觀眾們。

好啦，我之所以會沉浸在與作風不符的感傷之中，是因為Live-ON最近公布了一項大新聞。

【Live-ON，熱烈招募VTuber四期生中！

錄取標準唯有一項，那便是『閃耀之人』！

是否要按下您閃耀人生（Live ON）的開端鍵呢？】

而今天則是剛剛加入Live-ON的四期生出道日。

我從滿久以前就預期到會有這一天的到來。

但在正式收到通知之際，我的內心依舊忍不住雀躍起來。

我終於——要成為前輩啦！

我會多出好幾個後輩，這當然會感到興奮吧！

會多好幾個孩子景仰我，稱呼我為前輩呢！

……咦？會景仰我吧？就算是個強零上癮、自稱雙重人格、認真百合又愛開黃腔的「侵鏽」系女子，也會有人景仰我吧？

啊，看來是不會有了。絕對不會有了。

畢竟我要是遇到這種人，肯定拔腿就跑。這可是會走路的七宗罪化身啊。

嗚嗚，儘管胡思亂想導致自己的內心受到劇烈創傷，但還是打起精神上吧。

畢竟這可是今後重要的新成員的亮相舞台，我希望能以笑容迎接她們。

而這次的出道模式，是在Live-ON的官方網站上以一人十分鐘的長度進行接力自我介紹。

Live-ON所有直播主都打算一同觀看，於是直播主專用的聊天室熱鬧無比。

之所以會如此熱鬧，是因為除了身兼工作人員的晴前輩之外，其他人都對四期生的來歷一無所知。

除了人數為三人之外，就連姓名都受到了徹底保密，因此大家都抱持著興奮又期盼的心情，等著看登台的會是什麼樣的孩子。

我也因為過於在意，昨天的睡眠不太充足。

晴前輩表示：「我們錄取的都是『果然這樣才算得上Live-ON』的人才喔！」所以應該可以多加期待吧。

畢竟Live-ON可是龍頭老大，照理說沒什麼好擔心的吧！

……等等，這家Live-ON好像是錄取我這種荒腔走板的傢伙成為三期生的公司對吧？

……總、總覺得突然冒出了不祥的預感！

「啊，直播開始了！」

總之先別想那些有的沒的吧！

啊，因為新成員們是今天的主角，所有人都沒有開台。

好啦，如果可以，就來個願意仰慕我的孩子吧！

『呼……啊！已經開始是也了嗎？』

填滿畫面的，是身穿看似軍裝，帶點中二病風格的學校制服，有著粉紅色短髮的少女。

她左側的頭髮留著油頭造型，將頭髮梳到耳後，因此在可愛的設計中看得出帥氣的氛圍。身高應該差不多是平均值吧？

喔呵——(、ω;)看來角色設計師幹得挺優秀的嘛！

她大概一直在做深呼吸吧。剛剛深深呼出的一口氣直接撞上了麥克風，讓她有些慌張地游移視線。

還真是青澀呢。好懷念啊。我想起自己當時也是緊張得要命，心跳都快到感覺要出事了呢。

『呃，各位初次見面，我是相馬有素是也！平時以大學生的身分求學，私底下則以名為反抗軍的偶像團體身分活動是也！這身衣服也是當偶像時穿過的裝扮是也。』

：這還真不錯……

：挺好的嘛！

：加油！

：長得真好看。

：講話口氣很像某個軍曹，超喜歡。

：原來是偶像嗎！的確迄今沒有這種角色呢。

：從打扮來看，應該是冷酷系的偶像吧？

喔——聊天室也一陣歡聲雷動呢！

感覺是個正統風格的新人，挺好的嘛！果然不祥的預感只是我在杞人憂天呢！

『那麼，我其實想借用這個場合說一句話是也。老實說，這也是我成為VTuber的理由是也喔。』

喔？怎了怎了？由於她突然語帶嚴肅，聊天室於是嘈雜了起來。

聊天室裡也有觀眾表示：「既然是反抗軍，難道是要向前輩們宣戰嗎？」

開、開玩笑的吧？雖說Live-ON都是一群糟糕的傢伙，但應該不會想舉起反旗才對吧？

『心音淡雪閣下——』

「咦？」

她是不是叫了我的名字？

為什麼？為何要指名我？難道說以Live-ON名列前茅的變態出名的我，被她視為敵人了嗎？

啊對不起請原諒我，我什麼都願意做！喏，這是我珍藏的美酒——已經停售的強零三倍檸檬口味！就邊喝這個邊好好談談吧！

嗚嗚——！我明明只是想要一個願意景仰我的後輩，怎麼會變成這樣……

『可以讓我成為閣下的女人是也嗎？』

……嗯？我好像聽見了什麼不得了的發言？

後記

那麼，各位有從本篇獲得樂趣嗎？我是作者七斗七。

本作原是在網路小說投稿網站「ハーメルン」上連載，首篇投稿日為2020年6月22日，剛好是在某間知名VTuber公司正式公布五期生之前呢。

目前我也將本作投稿至カクヨム網站。

若是讀到這裡的讀者，不管是誰應該都會湧現共通的感想吧——與既有的小說相比，這篇小說有著相當異質的題材、內容和寫作手法。這般充滿侵略性的寫作手法，各位應該很少看過吧？

就連身為作者的我都曾覺得這樣的內容「啊，這玩意兒不可能成書啦」，卻萬萬沒想到會收到Fantasia文庫大人的聯絡通知，讓人不禁在腦海裡吟詠起「Fantasia、這家公司的腦袋、Fantasia」這樣的俳句呢。書籍化的消息公布後，我接連收到了讀者們感到困惑和猜疑的訊息，大概是頭一次擁有這種經歷的作者吧（笑）。

此外，在這篇小說裡經常出現的蜂蜜蛋糕及部分留言，有些是擷取自小說網站上的讀者所留下的提問或感想。

一如真正的VTuber們是受到觀眾們的支持才能活動，這部小說也是得到了名為讀者大人的觀眾們支持，才能一路連載至今。

方便的話，由於現在我依舊會在ハーメルン網站上募集蜂蜜蛋糕，如果各位願意懷著輕鬆的心情寫下提問，我也會很高興的。

此外，這部小說是受到諸多讀者要求，以我平時密切接觸的VTuber和對強零的愛好所構築而成的。要是迄今從未對這兩方感興趣的讀者，不妨趁此機會嘗試看看吧？

那麼，倘若能獲得良機佳緣，我會很期待在第二集再次與各位相見。真的非常感謝各位購買本書！

七斗七

※本書是以在カクヨム上連載的《身為VTuber的我因為忘記關台而成了傳說》進行加筆、修稿而成。

國家圖書館出版品預行編目資料

身為 VTuber 的我因為忘記關台而成了傳說 / 七斗七作 ; 蔚山譯 . -- 初版 . -- 臺北市 : 臺灣角川股份有限公司 , 2022.04-

冊 ; 公分

譯自 : VTuber なんだが配信切り忘れたら伝説になってた

ISBN 978-626-321-372-2(第 1 冊 : 平裝)

861.57 111002042

Kadokawa
Fantastic
Novels

身為VTuber的我因為忘記關台而成了傳說 1

（原著名：VTuberなんだが配信切り忘れたら伝説になってた）

2022年4月27日　初版第1刷發行
2023年8月10日　初版第3刷發行

作　者：七斗七
插　畫：塩かずのこ
譯　者：蔚山

發行人：岩崎剛人
總編輯：蔡佩芬
編　輯：邱瓈萱
美術設計：李思穎
印　務：李明修（主任）、張加恩（主任）、張凱琪

發行所：台灣角川股份有限公司
地　址：104台北市中山區松江路223號3樓
電　話：（02）2515-3000
傳　真：（02）2515-0033
網　址：www.kadokawa.com.tw
劃撥帳戶：台灣角川股份有限公司
劃撥帳號：19487412
法律顧問：有澤法律事務所
製　版：巨茂科技印刷有限公司
ISBN：978-626-321-372-2
